ベスト時代文庫

献残屋 忠臣潰し

喜安幸夫

ベスト時代文庫
KKベストセラーズ

目次

この作品はベスト時代文庫のために書き下ろされたものです。

入《い》り婿《むこ》殺し

一

その話を聞いたとき、

「ん？」

箕之助《みのすけ》は首をかしげた。

同時に、

（どうなってるんだ、あの母娘は？）

思ったものである。白浜屋《しらはまや》の名がそこに出たのだ。話を持ちこんだ大工の留吉《とめきち》は、まだ目の前にいる。

「箕《みの》さん、どうしたい？」

その内容に一瞬言葉を失った箕之助に、留吉まで怪訝《けげん》な表情になり、

「ま、あの器量だ。後釜《あとがま》なんざいくらでもいらあな。俺だって声がかかりゃあ。あっ、箕さんまであの娘に？　まさかぁ」

上がり框《かまち》に腰を据えたまま箕之助の顔をのぞきこんだ。いま話に出た家つき娘のおトシがけっこう色っぽいことは町内でも評判なのだ。

芝二丁目の裏店《うらだな》に塒《ねぐら》をおいている留吉が、仕事の帰り、道具箱を肩に芝三丁目の大和屋《やまとや》へひょいと顔を出し、世間話がてら座わりこんでいくのは珍しいことではない。ときには這《は》い上がって夕めしの相伴《しょうばん》に与《あずか》ることだってある。きょうもそろそろ日暮れに近く、太陽が西の空に落ちようとしている。

大和屋にしても商《あきな》いが献残屋《けんざんや》で、しかも夫婦二人で小ぢんまりとやっている店とあっては、大工の留吉からどこそこで新普請《しんぶしん》があるとか、どこの大店《おおだな》が商売繁盛で間口を広げるなどの話を聞けば、すぐに扇子の一本も持って御用聞きに出かけたりもする。いまも奥の台所に立っている箕之助の女房の志江《しえ》が留吉の声を聞き、「上がっていきなさいよ」と声をかけようとしたところだった。

献残屋とは早い話が、世の潤滑剤の役目を果たしているといってもよかろうか。武家でも商家でも、ものごとの節目に「お世話をかけました」とか「相なりまする」などと礼物《れいもつ》を手に挨拶を入れるのは通常のことである。大名家などにいたっては参勤交代のたびに領国の産物を将軍家に献じ、その残りを〝献残〟と称して幕閣に配り、さらに江戸の治安取締りにあたる町奉行の玄関先に、熨斗紙《のしがみ》を巻いた荷に金子《きんす》まで添えて持ちこんでいる。それらは〝役中頼み〟といって奉行所の与力や同心にまで及ぶ。もちろん献残品などではなく、大名家が最初からそのつもりで用意した品である。そこに価値を持たせるため、すべてを将軍家につながる献残品と称しているのだ。そのほか武家でも町家《まちや》でも、元服や婚礼、さらには法事のたびに品が飛びかう。三方《さんぽう》に載せた品には刀剣から置物まであれば、食べ物なら熨斗鮑《のしあわび》に鰹節《かつおぶし》から干魚、干貝、昆布《こんぶ》に葛粉《くずこ》や胡桃《くるみ》といった日持ちのするものが多く、重複する場合がまた多い。貰った側は当然それを他への贈答に転用する。その仲介に立つ商いを一括して献残屋といっているのだが、当然そこには大名家や寺社出入りの大店《おおだな》もあれば、町家の一角に小さな木札《きふだ》を提《さ》げて商っている大和屋のような小振《こぶ》りな店も少なくない。

きょう留吉が持ちこんだのは白浜屋の祝い事の話だったのだ。すぐ近くの芝一丁目に小さな暖簾《のれん》を出している小間物屋である。

「あそこがまた婿《むこ》さんを迎えるってよ。ちょいとばかり家の修繕をするから俺に任せるって、きょう棟梁《とうりよう》から言われちまったい」

腰切半纏《こしきりばんてん》の裾《すそ》をめくって上がり框《かまち》にドンと腰を据えるなり、留吉は嬉しそうに言ったものである。

留吉の言った「また」に、箕之助は首をかしげたのである。なおも腑に落ちない顔をする箕之助に留吉は、

「まさか箕さん。あのときの噂《うわさ》なんぞ真《ま》に受けてんじゃないだろうな？」

ふたたび顔をのぞきこむ仕草をとった。

「真に受けるかどうかはともかく、あの噂、完全に消えたわけじゃないんだろう？」

箕之助は真剣な表情だった。そうならざるを得ない。半年前の噂には、殺しまであったとささやかれていたのだ。

「いやだねえ箕さん。あんなの男どものひがみ、ひがみ。町内の娘どもにしたって、あのおトシの色っぽさにゃ内心おもしろくなかろうさ。うちの舞《まい》まであんときゃあぐたぐた陰口たたいてやがったからよ」

留吉の妹である。白浜屋のおトシとは違った雰囲気で、細身の健康的なうりざね顔の美形だ。その舞までが、

『あの女《ひと》はどうも』

などと嫌うようなことを言っていたのである。

「なんですねえ。さっきから色っぽいだの以前の噂がどうだのと。一丁目のおトシさんが

またどうかしたんですか？」

夕飯の支度に一段落ついたのか、前掛《まえかけ》で手を拭きながら志江が奥から出てきた。話は断片的に聞こえていたようだ。留吉と舞には幼いころから親がなく、箕之助と来《こ》し方《かた》が似ているせいか、歳《とし》が一まわり違っていても気が合い、それは志江にも通じるものがあった。

「へへ、これは志江さん。じゃねえ、ご新造《しんぞう》さん」

留吉は半纏の襟《えり》をなおし、

「いえね。ほれ、一丁目の白浜屋さん。やっぱ男手が必要だったのかねえ。また新しい婿さんが入るってよ。そこであっしが家の修繕などをちょいとね」

自信ありげに左腕をポンとたたいた。婿を迎えるのに店の構えか奥の造作に若干の手を入れたりするのは、どこの家でもよくあることだ。箕之助が芝三丁目にこの小振りな二階家を借りたときも、手入れをしたのは留吉だった。二十歳《はたち》を出たばかりだが、手先が器用な上に身も敏捷《びんしょう》で、棟梁からずいぶん目をかけられているようだ。

「えっ。あのおトシさんにまた？」

留吉の仕事よりも白浜屋に興味を持ったのか、志江は前掛から手を離し店の板間に座りこんだ。

白浜屋は五年ほど前にあるじがはやり病で他界して以来、男手のないまま母娘で店を経《き》理《もり》していた。日用品のこまごましとした物を売る小間物屋でお客のほとんどが町内の女とはいえ、仕入れなどには彫金師や包丁鍛冶なども出入りし、やはり男手は必要だ。だから留吉も言うように男手のあったほうがいいのは分かる。だが志江もやはり女か、その場に座りこんだときには眉間《みけん》に皺じわを寄せていた。

その白浜屋にようやく婿が入ったのは、一年前である。町内の男どもは、

『あの色っぽいおトシさんと夜な夜な……。そのうえ小間物屋の旦那たぁ、果報がすぎるぜ、コンチクショー』

『妬《や》くな妬くな。おめえのご面相じゃよ、店の前をうろついたっておトシさんに洟《はな》も引っかけてもらえねえぜ』

などと飛ばし合ったものだった。

ところが半年もしない去年の秋口だった。果報者の入り婿は夏風邪をこじらせ、ポックリと逝《い》ってしまった。

『ありゃあきっと毎夜、色気を増したおトシに挑《いど》んだのか責められたのか。精魂使いはたしちまったんだぜ』

『そうだろうよ。ざまあねえや』

町の男どもは言っていたが、女たちは軒端《のきば》や勝手口で、

『あそこの入り婿さん。来たときにはそんなひ弱そうには見えなかったけどねえ』

『えっ！　だったらあの夏風邪っていうのは……まさか』

などと密かに言葉をかわし合ったものである。以前からおトシに言い寄る男は多く、おトシも思わせぶりな素振りをよく見せ、町内の娘仲間からは浮いた存在だった。当然、そうした噂は舞や志江の耳にも入っていた。

そうした噂も年が明ければ下火になり、

『商いにやはり女手だけじゃ足りなかろうに』

などと言う声も聞かれはじめたところへ、また入り婿だというのである。

この年の春には播州赤穂《ばんしゅうあこう》藩主の浅野内匠頭《あさのたくみのかみ》が殿中で吉良上野介《きらこうずけのすけ》に突然斬りつけて切腹になった事件があり、巷間《こうかん》の話題がそのほうへいってしまったことも、以前の噂が下火になるのに一役買っていたのかもしれない。

だが、先の入り婿が逝ってからまだ半年というのにまた入り婿とあっては、噂がふたたび蒸し返されるのは仕方のないことであろうか。

すでに志江が、

「で、留吉さん。こんどのお婿さんて、どこのどなたなの」

などと興味を示している。

「あっ、いけねえ。そいつをまだ聞いてなかった。いえね、建て増しじゃなくったって、仕事を俺一人に任されたのが嬉しくってよ。この家の前を通りかかったら箕さんの姿が見えたもんで、つい寄っちまっただけでさあ」

言いながら留吉は腰の三尺帯を締めなおした。

「あらあら。帰ることないじゃないの。上がっていきなさいよ。朝の残りだけど夕飯の用意ができたところなんだから」

「ありがたいけど、俺っちも舞がつくった朝の残りを始末しなきゃならねえんでね」

言ったときにはもう敷居をまたいでいた。外は万緑か、あと数日で皐月《さつき》(五月)に入ろうという季節になっては、きょうの残りをあしたにまわすといった具合にはいかなくなっている。きょうも夕めしは、お釜《かま》の底を浚《さら》ったおこげに味噌汁をかけ、きれいさっぱり平らげることになろう。

志江は見送るように三和土《たたき》に降りて草履《ぞうり》をつっかけた。だがおもてに出ると、留吉の帰っていったのとは逆の方向に背伸びをした。妹の舞をさがしたのだ。二丁目に住まう舞なら、湯屋に行っても町内の女同士で一丁目の噂を詳しく聞いているかもしれない。

舞は芝から東海道を南へ進んだ田町《たまち》八丁目の腰掛茶屋《こしかけぢゃや》へ通いの奉公に出ている。客筋は街道でちょいと喉《のど》を湿らせる程度の往来人たちで、茶屋の書き入れ時は江戸を発つ旅人が街道に出はじめた朝の時分と、人々が喉に渇きを覚える午前後《ひる》ということになる。だから舞は日の出前には芝を出て、客が閑散とする夕刻前には帰ってくる。その行き帰りに兄の留吉以上によく大和屋に顔をのぞかせていくのだが、きょうは別の枝道を帰ったのか、舞の草履の音は聞かれなかった。

（あしたの朝にでも）

思いながら屋内に戻ると、箕之助はもう卓袱台《ちゃぶだい》に向かって箸《はし》を動かしていた。

「いきますか？　白浜屋さんに」

座りながら言う志江に、

「あゝ、こういうことは早いほうがいい。前のときは婚礼のあったことも知らなかったからなあ。こんどは早目に手を打って……」

「そりゃあそうですが、お婿さんがどなたか聞いてからにすれば。あんな噂もあったことだし」

志江は箕之助の顔をのぞきこんだ。

「ま、商いの顔つなぎにちょいと顔を出すだけだから」

返したものの、箕之助とてなにも感じないわけではない。

献残屋としては大店《おおだな》で大和屋の本家筋にあたり、芝増上寺《しばぞうじょうじ》の裏手に暖簾を張る蓬萊屋《ほうらいや》の仁兵衛《にへえ》が、箕之助たち店の者に常に言っていた。

『商売柄、どのお屋敷やお店《たな》でも、仕事に熱心になればなるほど、そこの奥向きをついのぞいてしまうこともある。なにか厄介ごとがあったとき、相談に乗っても決して自分から口を出してはならんぞ』

箕之助には難しい注文だった。だがそれは、持ちこまれた揉め事を仁兵衛とともに人知れず処理し、得意先の暖簾を守り、さらには恨みを呑んだ人々の胸を晴らそうとするためのものであった。

そのたびに仁兵衛は寂しく言っていた。

『ついのめりこまねばならぬ場合もあるさ。それにしても、人の奥向きまで見えてしまう商《あきな》いっていうのも、因果なものだねえ』

箕之助はそれを聞くたびに頷《うなず》いたものだった。踏みこまざるを得ない場合も、けっこうあるのだ。

その箕之助が仁兵衛から暖簾分けをしてもらい、大和屋を立ち上げたときに所帯を持った志江も、仁兵衛のいう因果な商いで、踏み入らねばならなかった武家屋敷の腰元だったのだ。

箕之助は味噌汁をかけたおこげをかきこみ、

「今夜は蒸すかもしれないなあ」

箸をおいた。外は急激に暗さを増したようだ。夕刻になってどんよりとした雲があらわれはじめたのだ。

二

たしかに蒸した。朝になっても雲が低くたれこめたままで、いつものように東の空の明るみで時を見ることはできなかった。

志江は竹箒《たけぼうき》を持っておもてに出た。まだ暗いなかに、一日のはじまりを告げる納豆売《なっとう》りや蜆《しじみ》売りの声が聞こえてくる。それに混じって、

「あら、お姐《ねえ》さん。きょうは早いのね」

弾んだ声だった。舞は志江を「お姐さん」と称《よ》んでいる。

「よかった、待ってたのよ」

箒を持つ手をとめ、

「きのう兄さん、なにか言ってなかった？　一丁目の白浜屋さんのこと」

「え？　またおトシさんになにかあったの？」

留吉は話していないようだ。妹がおトシのことでまた厭味《いやみ》を言うのを嫌ったのかもしれない。それに舞が知らないというのは、白浜屋の二人目の入り婿がまだ噂になっていないことを示していようか。

案の定、

「えぇ！　あのおトシさんに、またぁ」

志江の話に舞は逆に声を上げ、留吉が普請に入ることを聞くと、

「いやだあ。関わってもらいたくないっ。だっておトシさんて、前のお婿さんのとき」

「しーっ」

思わず大きくなりかけた舞の声に志江は叱声《しっせい》をかぶせた。空にいくらか明るみが射し、近所も起きだしているのだ。

「あたし、噂を集めとく。兄さんにそんな仕事、ほかのお仲間に代わってもらうよう言っておいてくださいな。もちろんあたしからも言っとく。おかみさんのおカツさんはいい人なんだけどねえ」

言い残すように、舞は田町の茶屋に向かった。やはり白浜屋のおトシには感じるものがあるようだ。それに舞から見れば歳も近い。舞が十八なら、おトシは二、三年上で、ちょうど留吉とおなじくらいだ。

店の板間のほうに物音がした。箕之助が起きてきたようだ。

「舞ちゃんの声がしたようだが」

玄関口に顔をのぞかせた。舞のうしろ姿はもう角を曲がり、街道のほうに消えている。

朝の大和屋の卓袱台は、さきほど買った納豆に蜆の味噌汁だった。

「ともかく降らぬうちに行ってみるよ。あそことはまんざら縁がないわけでなし」

「そりゃあそうだけど」

志江は気乗りのしない返事をした。商品で角樽《つのだる》や三方などに痛みがあれば留吉がちょいと手を加えているのだが、金物類なら白浜屋にも出入りのある彫金師の若い男に修理を頼んでいるのだ。

箕之助がふたたび三和土《たたき》に降り、芝一丁目に向かったのは五ツ（およそ午前八時）時分であった。三十路《みそじ》をすぎ、角帯《かくおび》をきちりと締め前掛けを結んだ姿では、いかにも働き盛りのお店者《たなもの》に見える。だが、その体軀《たいく》は若いときの苦労を乗せているのか、商人には珍しく引き締まっている。

空を見上げれば雲は低くたれ、いまにも降りだしそうな感じだ。

三丁目から一丁目へは、わざわざ街道に出るまでもない。町家の路地を何度か曲がればすぐのところだ。距離にしても三、四丁（三、四百米《メートル》）ほどで、夜になればおなじ芝浜《しばはま》の波音が聞こえてくる。

白浜屋はいま暖簾を出したのか、店先にチラと見えたのは娘のおトシのようだ。

「白浜屋さん」

箕之助は声をかけた。

「ん？」

上体を反《そ》らせ、振り返った姿がやはり、

（色っぽい）

箕之助は納得したように頷《うなず》き、

「三丁目の大和屋でございます」

歩み寄った。

「えっ、大和屋さん？」

そのままの姿勢で怪訝《けげん》な表情をつくる。おトシが知らないのも無理はない。献残屋などとは若い娘には縁のない商いであり、それに大和屋はおもてに目立つ看板を出しているわけでもない。〝よろづ献残　大和屋〟と認《したた》めた木札を軒に提げているだけで、店の前を通ってもそこが商い中と気づかないほどである。

「三丁目の大和屋さんだって？　入ってもらいな」

聞こえていたのか、店の中からいくぶん嗄《しわが》れた声が返ってきた。

「ごめんなさいまして」

箕之助が腰を折りながら暖簾をくぐると、母親のおカツが店の板間に紙入れや煙草《たばこ》入れに巾着《きんちゃく》などの袋物に櫛《くし》や簪《かんざし》、紅や白粉、それに煙管《きせる》などの商品をならべているところだった。店は町内の住人が相手とあって、櫛や簪といっても値の張る凝《こ》ったものはおいていない。

「おや。やっぱり三丁目の献残屋さんだねえ」

箕之助はおカツとは面識がある。といっても道で会えば挨拶をする程度で、直接話をするのはこれが初めてである。

「近々、ご当家ではお祝い事がありなさると聞きましたもので」

献残屋ならこれで話は通じる。商品の売りこみではない。持ちこまれた祝いの品の買取りである。そのつもりで母親のおカツも店の中から声をかけたのであろう。献残屋にとっては、それがまたお返しの品の注文につながるのだ。

「おや。さすがは献残屋さん、早耳ですね。まだ親戚にも案内していないというのに」

「そりゃあまあ、商売柄でして。で、こちらがそのお嬢さまでございますか」

と、商人らしく再度腰を折り、まだ店の三和土に立っていたおトシに視線を向け、

(ん?)

みょうな感じを持った。ことが婚礼ならば、二度目といっても少しくらいは恥ずかしそうにするものだ。だがおトシは、

「そうだけど」

面倒くさそうに応《こた》え、脇の土間つづきの通路から奥に入ってしまった。

「ご存知かと思いますが、初めてじゃないもので。それに前とはあいだが短いものですから、はにかんでるんですよ」

おカツは繕《つくろ》うように言うが、おトシが奥へ肩をプイと向けた動作など、とてもはにかんでいるようには見えなかった。

(勝手にしな)

そんな印象だったのだ。

「さようでございますか」

「ともかくそんなんだから、祝言といっても小ぢんまり目立たないようにと思いましてね。献残屋さんのお世話になれるかどうか。もっともあたしは良縁だと思ってるんですがねえ」

「ならば、おかみさんがお選びなさったお婿さんで？」

訊《き》いてから箕之助は、

（いかん）

これまで本家の仁兵衛から薫陶《くんとう》されてきた、入ってはならない領域にみずから踏み入るようなことを訊いてしまったのだ。

だがおカツは、

「そりゃあそうさ。あたしの店だからね」

気軽に応《こた》えた。が、声には重みがあった。

「さようでございましょうとも」

箕之助はお愛想とともにまた腰を折り、

「ご繁盛を願っております。またの御用がありましたらお声をおかけくださいまし」

言うときびすを返した。いまはそれが一番と判断したのだ。おカツも顔つなぎだけのつもりだったのか、とめようとはしなかった。

暖簾を出ようとしたときだった。

「おっと」

身をよけた。外から無遠慮に暖簾を頭で分ける者がいたのだ。男だ。朝から煙管でも買いに来たのか、薄い眉に細い髷《まげ》をちょいと横にずらし、縦縞《たてじま》模様の着流しに腕まくりをした左手で裾《すそ》を軽くつまみ、右手は袖《そで》に通さず合わせからのぞかせ、さりげなく顎《あご》に触れている。要するに、

(気障《きざ》)

箕之助は一歩引いてからおもてに出た。男は先客の箕之助に目をくれようともしない。

「またあんたかえ。うちには近いうちに男手が入るんでねえ。用はないはずだよ」

すぐに聞こえてきた。おカツの声である。

「そんな言いようでいいのかい。用がないかどうかは、おトシに聞いてみねえ」

男は言い返したようだ。

箕之助は暖簾の外で立ちどまった。さらに聞こえてくる。

「なに言ってんだい。おまえの魂胆《こんたん》は分かってるんだからね。この前のときだって」

「なんだと！　どこにどんな証拠があるってんだ。言ってみねえ」

箕之助は振り返ろうとしたが、

(おっと、踏み入っちゃいけない)

そのまま白浜屋を離れた。往還に明るさは増していない。逆に黒い雲が厚くなって一層たれこめている。気になるのを振り切るように角を曲がってすぐだった。

「あれ、箕さんも白浜屋へ？」

不意に声をかけてきたのは道具箱を肩にした留吉だった。腹掛《はらがけ》と腰切半纏《こしきりばんてん》に三尺帯をきりりと締め、足は紐つき足袋《たび》の甲懸《こうがけ》で決めている。いましがた普請場から抜け出てきたような出で立ちだ。

「おや、留さん。普請場じゃなかったのかい」

箕之助は立ちどまった。

「この雲の具合よ」

と、留吉も小走りの足をとめ顎《あご》を空へしゃくり、

「いまの普請場は旗本のお屋敷でよ。とくにきょうは手のこんだ廊下の床張りさ。こんな湿った日にゃできねえから、棟梁が予定を変えて白浜屋へまわれってよ」

「ほう、それでこっちへ」

箕之助は得心した。湿った日に微細な仕事はできない。木の寸法が晴れた日とは微妙に違ってくるからだ。そこまで気を遣《つか》うとは相当な屋敷のようだ。

「とまあそういうわけでよ。降らねえうちにちょいと行ってくらあ」

「あ、ちょっと留さん」

行こうとする留吉を箕之助は呼びとめた。

「いま白浜屋にみょうな客が来ている。男だが、ようすをあとで聞かせてもらいたいんだ」

「なんでえ」

「みょうな男？　ははーん。そいつ、おトシの色か。面《つら》を拝ましてもらおうかい」

留吉は笑いながら応じたものの、ふたたび身を白浜屋へ向けたときには真剣な表情になっていた。やはり興味があるのだろう。

箕之助が芝三丁目の店に戻ると、

「あら。ほんとうに顔つなぎだけだったようですね」

思ったより早い帰りに、志江はかえって安堵の表情を見せていた。

三

留吉が半纏を頭にかぶって、

「やっぱり降ってきちまったぜ」

大和屋の玄関に飛びこんできたのはまだ午前《ひるまえ》であった。

「あらあ留吉さん、ごめんなさいね。すぐ盥《たらい》の用意をしますから」

志江が奥から盥を出し、水を張った。雨が降れば往還はたちまちぬかるみになり、玄関口に水桶《みずおけ》か盥はどの店や家でも必需品になる。

「ありがてえ。もうこんなに汚れちまって」

留吉は上がり框に腰をかけ、泥にまみれた甲懸をはずし、

「道具箱は？」

志江が問いかけたのへ、

「箕さんから聞いたでがしょ。きょうは白浜屋まわりで、向こうに置いてきやした。仕事はいつも雨と相談で、たぶんあしたからになりまさあ」

足も拭き終わった。奥では箕之助がもう卓袱台の前に座り、

「で、どうだったい」

と、留吉が上がってくるのを待っていた。

「それよ、箕さん。志江さん……じゃねえ、ご新造さんも聞いてくんねえ。早いほうがいいと思ってよ。なにも昼どきを狙ったわけじゃねえから」

畳に腰を下ろしながら留吉は言う。

「分かってますよう、そんなこと」

志江は盥の水を入れ替えるとすぐ部屋に戻ってきた。おもての板間を留守にしても、わ

ざわざ雨のなかを献残屋に来るような客はいない。

「やっぱりあそこ、こんどもなにかありやすぜ」

留吉は話しだした。志江もさっき、みょうな男が白浜屋に入ったと箕之助から聞いたばかりである。

「その男でございやすがね。あの気障《きざ》野郎、客でもなんでもねえ。ただおカツさんが毛嫌いし、二度と来るななんて、俺の目の前でですぜ。罵倒して追い返しなすった。それだけじゃねえんで」

「というと？」

箕之助は上体を乗り出した。

「あの声じゃ奥まで筒抜けでさあ。いきなり娘のおトシが土間つづきの廊下から走り出てきて暖簾のそとへ野郎を追いかけて行ったのでさあ。ありゃあまるっきり、親の目にかなわない娘の色って感じでしたぜ。俺もあとを追いかけたかったのだがね、おカツさんに呼びとめられちまって。そのうちおトシも帰ってきたんだが、口もきかねえ。もっともおカツさんは俺と奥のほうで仕事の段取りで、おトシはふてくされて店の板間に座ってるって寸法でやしたがね」

「じゃあ、やはりこんどの縁談というのも、おカツさんが無理やり進めたってことかしら」

　志江が盆に載せてきたお茶を卓袱台に置きながら言うのへ箕之助は、

「で、その相手は？　果報者だとかいう」

「それそれ、分かりやしたぜ」

　留吉もそれが言いたかったのか、

「驚きさね」

　座ったまま上体を前にせり出し、

「ほれ、錠前直《じょうまえなお》しの与助《よすけ》でさあ」

「えっ。あの棒手振《ぼてふり》の？」

「与助さん？」

　これには箕之助も志江も同時に声を上げた。

「俺も聞いたときゃあ魂消《たまげ》たぜ。あんなのが白浜屋の婿養子ってんじゃ、俺なんぞどこの大店《おおだな》に婿入りしたっておかしくねえ」

　留吉はお茶を手にとった。志江は笑わなかった。箕之助も同様である。

　錠前直しとはこわれた鍵をなおす仕事でそれなりの技術はいるのだが、小型の金床《かなとこ》や金《かな》槌《づち》に鑢《やすり》などを入れた道具箱を肩に町々をながして歩く、定まった場を持たない出商《であきな》いである。町なかで触売《ふれうり》をするわけだから蜆売りや納豆売りなどの棒手振とおなじ稼業である。そうした者は概して声が大きく世辞もなかなかにうまく、いわゆる口八丁手八丁なのが多い。ところが与助は他の錠前直しと違って「じょうーまえっ、なおーしやしょーっ」と往来で声を上げることができず、

「錠前なおしでございます。なにか御用は」

と、一軒一軒勝手口に小さな声を入れるのが精一杯で、手堅いというよりもまったく目立たない存在である。留吉が「あんなの」と言ったのは、与助のそういう引っこみ思案を指してのことであろう。だが与助は腕が悪いわけではない。ないどころか、鍵《かぎ》を新たに打ったり、頼まれれば簡単なものなら簪《かんざし》まで打って彫金を施したりもする。けっこう器用なのだ。それを黙々とやっている。大和屋が商品の金物類の修理を頼んでいるのは、この与助なのだ。

聞けばなるほどと、箕之助にも志江にも得心できるものはある。請《う》けた仕事は黙々とこなし、ごまかしが一切ない。白浜屋のおカツは、そこが気に入ったのかもしれない。だからといって、棒手振からいきなり小さいながらも一軒を構えているお店《たな》の婿養子にとは、飛躍がいささか過ぎる。まさに果報者というほかはないが、

「大丈夫かしら」

志江がポツリと言った。その懸念は箕之助にも留吉にも分かる。与助に、色っぽく派手好きなおトシの亭主が、

（つとまるか）

この先を思えば、果報者というよりもかえって白浜屋での与助の身の置き所が気になってくる。

「おっと、他人《よそ》さまのことだ。奥向きにまで気をもむのは商いの禁忌《きんき》だ」

箕之助はしめくくるように言い、湯呑みをとって喉を湿らせた。

が、

「まだあるぜ、箕さん」

留吉はつづけた。

「えっ、あの気障な男のことかい」

「そうじゃねえ。あの野郎はそれっきりよ。それよりも」

箕之助の問いに留吉は返し、

「俺がそとに出て板壁や軒に手を加えるところがないか見ているときだった。気がついたのさ」

「なにを？」

問いを入れたのは志江だった。

「枝道の角からね、凝《じ》っと修理普請に手をつけようとする俺を見てやがったのさ」

「誰が？　あの気障な男とは別の？」

箕之助は手にしていた湯呑みを卓袱台に置いた。

「まったく別よ。女さ。かなり歳《とし》喰ってやがったが」

「どこかのお婆さん？　誰なの」

志江の問いに、

「婆さんというほどの歳じゃねえが、俺も気になってね。へへ、箕さん。あっしゃ、ちゃんと聞きこみを入れやしたぜ」

留吉は胸を張って一口喉を湿らせ、

「ほれ、白浜屋のななめ向かいに紙屋があるでがしょ。そこのおかみさんがちょうど暖簾のところまで出ていたので、ちょいと訊《き》いたのさ。するとどうでえ。先《せん》の入り婿の母親だっていうじゃねえか」

「えっ」

「どういうことだ」

志江と箕之助がまた同時に声を出した。

「俺も聞くまでは知らなかったが、先の婿ってのは四ツ谷のほうに暖簾を出している白浜屋の同業で、おカツさんの親戚筋らしいっていうじゃねえか。その年増《としま》女が、入り婿が死んでからときどきああして白浜屋を窺《うかが》ってるって、紙屋のおかみさん気味悪がってやしたぜ。やっぱりあそこ、なにかあるぜ。先の入り婿が死んだのは……」

留吉が言いかけたのへ、志江は眉根に皺を寄せた。半年前の噂に、殺しがささやかれていたことは志江も耳にしている。おもて向きは、夏風邪をこじらせたことになっているのだ。

箕之助は考えこむ表情になった。脳裡に、さきほど白浜屋の軒端《のきば》で耳にしたおカツとあの気障男のやりとりがよみがえってくる。おカツは「この前のこと」と吐き捨てるように言い、気障男は「どこに証拠がある」とやり返していたのだ。

「うーむ」

箕之助が唸《うな》ったときだった。

「あーぁ。ほんとうに本降りになっちゃった」

「あら、あの声は舞ちゃん」

「あれ、あいつも来やがったのかい」

玄関のほうから聞こえてきた声に志江が立ち上がり、留吉は湯呑みを干した。もう午《ひる》を過ぎた時分である。

「これはこれは、日向《ひゅうが》さまも。この雨、大変でございましたでしょう。さ、そこに盥の用意がございますから」

「ほう、これは気が利くなあ」

志江と日向寅治郎《とらじろう》の声につづいて足を洗う水音が聞こえてくる。

舞も寅治郎も草履をふところに入れ、裸足《はだし》になっていた。舞は傘をさし、寅治郎は頭に笠をかぶって肩に蓑《みの》をかけていた。

「この雨での、俺も仕事から解き放ちだ」

寅治郎が足を洗いながら言っている。

街道筋の腰掛茶屋では、にわか雨なら雨宿りの客も入ろうが、本格的な降りになれば周囲に人影は消え、当然茶屋は閑散となる。こういうときに茶屋のあるじは使用人たちを休ませる。

日向寅治郎は舞が働いている田町八丁目を中心に、東海道筋の茶屋ぐるみで雇われている用心棒である。そこが天下の往来とあっては茶酌み女に悪戯《わるさ》をしかける酔っ払いや不逞《ふてい》の輩《やから》もいる。それを懲《こ》らしめるのが仕事だが、寅治郎がいずれかの茶屋の縁台に腰をかけ睨《にら》みを利かせているだけで、田町七丁目から九丁目界隈にかけての街道筋に揉め事が起こることはなかった。それに寅治郎の性格か百日髷《ひゃくにちまげ》ながら無精髭《ひげ》などなく、袴《はかま》も着物も古着だが垢《あか》じみておらず、いつもこざっぱりとして茶屋の女たちに評判はよく、舞にしてはその寅治郎とおなじ長屋なのだから、仕事仲間には鼻高々だった。

見たところ四十がらみに見えるが、箕之助が聞いたところ三十代なかばであった。浪人のせいもあろうが相応の苦労を積んできているようだ。

「日向の旦那。この前の雨のときには帰るのは面倒とかで、一晩寄合《よりあい》茶屋に泊まってきなすったんじゃねえので。やっぱり夜はちゃんと帰ってきてもらわねえと、あっしら安心して眠れませんや」

迎えるように留吉が言ったのへ、

「ははは。あれは時刻も夕方に近かったからな」

寅治郎は腰からはずした大小にいつもふところにしている鉄扇《てっせん》を添え、脇においた。街道で揉め事があれば、たとえ相手が武士であってもこの鉄扇一本で収めているのだ。寄合茶屋は縁台だけの腰掛茶屋と違い、粗末ながら畳か板敷きの部屋も備えており、ここなら雨が降っても開けているところがある。

以前、寅治郎は箕之助に言ったことがある。

『雨が降れば往来に人はいなくなるし。それにいたとしても笠などかぶって顔が見えん。

街道を見ていてもはじまらんからなあ』

人には人の事情はあろう。箕之助は敢《あ》えて訊《たず》ねなかったが、寅治郎は誰かを找《さが》しているようだ。舞によれば、寅治郎は常にいずれかの縁台に腰を据え、街道の往来人を凝っと見つめているそうな。

志江と舞は直接台所のほうへ入ったようだ。

「午《ひる》まではもつだろうと思って、用意したのが余ってしまったの。もう火を通してあるからこのままでも」

「まあ、烏賊《いか》が五枚も。もうこんな時分だったのね。ちょうどよかった。用意がまだだったのよ」

茶屋で用意したのを、舞は持ってきたようだ。

「おっ、こいつはいい。昼めしは烏賊焼きか」

留吉は顔を台所のほうへ向けた。いつもなら昼めしは朝の味噌汁にあり合わせのものだが、あらためて火を通しているのか烏賊焼きの香ばしい匂いが部屋にもただよってきた。

「旦那、舞から聞いたでがしょ。芝一丁目の白浜屋のおトシのこと」

「あゝ、そういえばあのあたりにそういう小間物屋があったなあ」

部屋では寅治郎を加えた男三人が話をつないでいた。もちろんその声は台所にも聞こえている。

烏賊焼きの香りとともに志江と舞もそこに加わった。

「ねえ、舞ちゃん。あの家のこと、詳しく知らない？」

さきほどの留吉の話で、志江もいっそう興味をそそられている。

「あの家《うち》ってさあ、最初から複雑なのよ」

舞は待っていたように話しだした。白浜屋の一件は、湯屋でも町内の女たちにとって格好の話し材料になっているようだ。

「白浜屋のおかみさんのおカツさんて、もともと後妻さんだったじゃない」

「え、そうだったの」

志江は声を上げた。やはり一丁目の噂は舞のほうが詳しい。

「なんだ。だったらおカツさんはおトシの継母《ままはは》だったのか」

留吉も知らなかったようだ。

「兄さんは黙っててよ」

舞は椀を手に留吉を睨み、

「あそこの旦那さんがはやり病で亡くなってから、そうそう、あたしが十五のころだったから、おトシさんは十七、八だったかしら。湯屋で直接本人から聞いたことがあるのよ。

といってもあたしがじゃなくって、たまたま町の商家のお仲間同士で話しているのが耳に入ってきただけでね」

「どんな？」

志江が先をうながした。

『腹立つぅ。あんなのあたしのおっ母さんなんかじゃない！　それなのにまるで自分が白浜屋の女あるじのように振舞ってさあ。あのお店は死んだおっ母さんとお父つぁんがこのあたしに遺《のこ》してくれたものなのにぃ』

おトシは吐くように言い、手にしていた手拭をバシャリと湯面にたたきつけ、

「その飛沫《しぶき》がさあ、あたしの顔へまともにあたったのよ。暗くって気がつかなかったわけじゃなし。あたしがアッて声を出すと、おトシさんどうしたと思う？　フンて横を向いただけ。腹が立ったのはあたしのほうよ」

どこの湯屋も湯舟は湯気が逃げないように板壁を天井から低くおろした柘榴口《ざくろぐち》で出入り口を仕切っており、昼間でも中は薄暗い。

舞は箸をとめたまま口だけ動かしている。

「あのおトシさん、一丁目のお仲間さんたちも持て余しているのよ。ただの小間物屋のくせして、大店のお嬢さんでもあるまいし。ねえ、日向さま。どう思います？」

問いかけられた寅治郎は、

「この烏賊焼き、ほこりっぽい街道の縁台よりも、こうして畳の上で味噌汁と一緒に食すると、なかなかいいもんだなあ」

「ん、もう」

舞は容《かたち》のいい鼻を膨らませた。だが寅治郎は、女の噂話を上の空で聞いていたわけではない。そこにあらためて先の入り婿の死と、その母親が白浜屋を窺っていたことにまで話がおよぶと、

「臭《にお》ってくるのう」

ポツリと言い、

「仇討《あだう》ちかもしれんぞ」

低い声だった。箸の動きがとまり、一同は顔を見合わせた。

「仇討ちといやあ浅野さまのご浪人衆よ」

留吉がふたたび箸を動かし、話題を変えた。

雨はいよいよ本降りになり、まだ午すぎというのに、部屋の中は油皿に明かりを入れたくなるほど薄暗くなっていた。

四

雨が上がったのは、翌日の夜明け前だった。午《ひる》すぎには陽が射し、暑さが雨の前より増したようだが、往還はまだぬかるんでいる。道行く者は男も女も裾《すそ》をからげ、荷駄人足《にだ》や駕籠舁《かごか》きはまだ裸足《はだし》である。いずれの店でも家の玄関でもまだ水を張った盥や桶は欠かせない。留吉は泥だらけになりながら白浜屋の修理普請にかかり、寅治郎も舞も田町八丁目まで行くのに難渋したことであろう。

その翌日には朝から太陽が出ていたものの、

「まだ必要みたいね」

「下駄でも、ほら。つま先がこんなに」

外をのぞいた志江は近所のかみさんと言葉をかわし、玄関の盥に水を張りなおした。

その午後である。

「ちょいと近くのお得意さんへ顔つなぎに行ってくるよ」

箕之助が街道筋の大店へ日ごろの挨拶に出かけようと、下駄をつっかけようとしたときだった。三和土《たたき》に降りて見送ろうとした志江は、

「ん？」

　箕之助と顔を見合わせた。勝手口のほうから訪《おとな》いを入れる声がかすかに聞こえ、二人にはそれが錠前直しの与助であることがすぐに分かった。

「はーい」

　志乃は反射的に板間へ飛び上がり、奥へ小走りになった。箕之助はおもてから裏手へまわった。

「えぇっ、おかみさんと旦那さんが内と外から」

　挟まれたかたちになった与助は、裸足で道具箱を肩にしたまま目を丸くしている。御用聞きに来ただけなのに、大和屋夫婦から顔をまじまじと見られるのである。

「きょうはあいにく仕事はないんだけどね。それよりも与助どん、聞いたよ。白浜屋さんとのこと。ともかくおめでとうと言わせてもらうよ」

　箕之助が言ったのへ勝手口から顔をのぞかせている志江もしきりに頷《うなず》く。

「えっ、ご存知なんで？」

　いきなり与助は少年のように顔を赤らめた。

「そりゃあ商売柄、耳に入るさ。どういう具合でこの話が進んだんだね。聞きたいねえ」

「へえ、ひと月ほど前、あそこのおかみさんから話があったとき、てっきりからかわれていると思ったんですが」

「おカツさん、本気だったんでしょう。分かるわ、与助さんなら」

話しはじめた与助に志江は合いの手を入れる。

「でも、あっしみたいなのが、あのきれいなおトシさんの婿さんだなんて。まるで夢のようで、まだ信じられねえ」

与助は道具箱を担いだまま、もじもじしだした。

「で、いつなんだい。その婿入りのおめでたい日ってのは」

「へえ、あさってなんで。もう本当なのかどうか。おかみさんがあっしに、身ひとつで来いなどと」

言いながらさらに与助は顔を赤らめた。これには箕之助も志江も驚いた。どうりで大工の棟梁は留吉を急がせたものである。

「これからもよろしゅうおたの申します」

与助はあらたまったようにぴょこりと頭を下げた。

「いやいや。もうおまえさんは棒手振などじゃなくて、芝一丁目の小間物屋の旦那じゃないか。えらい出世だ。こちらこそよろしく頼むよ」

「とんでもありやせん。そんじゃまた、ごあいさつに伺いますです、へい」

与助は一、二歩下がってまたぴょこりと頭を下げ、赤い顔のまま向きを変え、角を曲がった。まだ信じられないような、夢心地になっているのがうしろ姿からもうかがえる。無理もない。手に一応の職があるとはいえ浮き草のような稼業から、いきなり小間物屋の亭主なのだ。町家の巷《ちまた》でこれほどの幸運は寡聞《かぶん》にして聞かない。しかも花嫁御寮はあのおトシなのだ。

その背を箕之助は見送り、まだ勝手口から顔をのぞかせている志江に視線を向け、

「なにごとも起こらねばいいんだが」

志江は思わず頷きを返した。

「へへ、やっと仕上げたぜ」

と、留吉が腹掛姿で半纏を肩に引っかけ、大和屋に顔を出したのは翌日のまだ陽の高い時分だった。もう往還は風が吹けばほこりが立つほどに乾いている。

「驚いたぜ。与助の野郎が婿入《むこい》るのはあしただっていうじゃねえか。だからきょうは暗いうちから仕事にかかってよ。これがせめて俺からあやつへの祝儀よ」

「あらあら。きっと与助さん、喜びますよ。他人《ひと》の心が分かるお人だから」

上がり框に腰掛けて言う留吉に、店の板間に座った志江が応じている。

「与助さんなら、派手さはないけど、地についた商いをする旦那になると思いますよ」

「旦那って面《つら》じゃねえが。ま、それだけがやつの取柄《とりえ》でさあ。ほんとうに、そうなればいいんだけどねえ」

「どうした。奥歯になにか挟まったような言い方じゃないか」

帳場格子の奥で算盤《そろばん》をはじいていた箕之助が手をとめ、顔を上げた。

「うん、きょうさ」

留吉は板間の奥まった帳場格子のほうへ身をよじった。

「裏手の板塀に最後の手を加えていたのさ。すると、声をかけてきやがったのさ」

「誰が」

「ほれ、前にも話したろう。死んだ先《せん》の入り婿の、あの母親さ」

「えっ」

「まっ」

箕之助は声を上げ、志江もそれにつづいた。

「話は聞いていたから、俺もちょいとばかりどぎまぎしたわさ。なにを訊きやがったと思うね」

「なにか訊いたのかい」

「あゝ。この普請、新たに婿を迎えるためと聞いたが、ほんとうかって」

「なんて答えた」

「嘘は言えねえやな。そのとおりだって答えてやると、そうかって、板塀のすきまから中をのぞきこむなり、さっさとどっかへ消えちまった。あのときの顔、なにか思いつめているように見えたぜ」

「おまえさん」

志江は心配げな声を箕之助に投げた。

「ともかく、前の話のつづきみたいなもんだからよ。ちょいと耳に入れておこうと思って寄ったまでさ。これから俺っちはひとっぷろ浴びてくらあ。すっかり汗かいちまったからよ、きょうは」

もう留吉は腰を上げていた。その背を、箕之助も志江も心配げな目で見送った。

(なにかが動いている)

箕之助も志江も感じとった。

同時に、

――仇討ち
脳裡を、雨の日に寅治郎がポツリと吐いた言葉がよぎった。

志江は店の板間に立ったまま、ふたたび帳場格子のほうに目をやった。

「………」

箕之助の視線は空を泳いでいた。志江は瞬時、心ノ臓の高鳴るのを覚えた。これまで何度もあったことだ。白浜屋はまだ大和屋の得意先になっていないとはいえ、箕之助はすでに気分の上では、

(向こうさまの奥向きに一歩)

踏み入ってしまっている。

五

日の出前から、きょうも一日暑い日になりそうなことが感じられる。

「すこしの風ならいいんだけどねえ」

さっき舞が大和屋の店先に出ていた志江に声をかけ、街道のほうへ向かったばかりである。風が強ければ、街道筋はほこりに包まれることになる。寅治郎も陽が昇ったころ、鉄扇をふところにおなじ往還を田町七、八丁目へ向かう。留吉はきょうからまた武家屋敷の増築現場に出ていようか。

「いまごろ一丁目の白浜屋さんじゃ」

やはり気になる。箕之助が店の帳場から廊下の拭き掃除をしている志江に声をかけたのは、午《ひる》にはまだ間のある時分であった。

白浜屋ではきょう午前中、町内のかみさん連中が手伝って屋内の掃除をすませ、午ごろから町役《ちょうやく》や身近な親族を招いて与助のお披露目となることだろう。町家の婚礼はいずこもおなじである。きょう一日、商いも祝いのなかに休み、近所の者が持ち寄った鰹節や昆布などがいくらか大和屋に持ちこまれることになろうか。現にきのうおといと、それらの品を大和屋へ買いにきた一、二丁目の住人が幾人かいる。訊けばいずれも白浜屋への祝儀だった。

そろそろ紋付姿の町役たちが白浜屋に足を運んでいるかと思われるころ、

「ごめんくださいまし」

大和屋の暖簾を鄭重《ていちょう》にくぐる女があった。

「いらっしゃいまし」

箕之助は帳場格子を出て板間に膝をついた。ハッと感じるものがあった。敷居をまたいだ女が、婆さんというにはまだ若く、新造と呼ぶにはかなり老けているからではない。顔面が尋常ではない。引きつった表情を懸命に隠そうとしているのが看《み》て取れる。

「おめでたでございましょうか。それとも、その逆のほうで」

三和土に立った女に、箕之助はいつものように応対しながら、

(間違いない)

こみ上げるものを感じる。留吉がこの場にいたなら、

『あれえ、あんた、どうしてここに』

と、目を丸くし先《せん》の入り婿の母親がきょうのこの日、献残屋の大和屋に来たことを訝《いぶか》るはずである。

「い、祝いの、つの、角樽《つのだる》を」

女は思いつめた口調で言う。箕之助は確信を持った。

「角樽でございますね。いくつかありますが、うちは樽だけで、中身はこの先の角に酒屋さんがありますから、そこで詰めてもらうとすぐにでもご用に立つと思いますが」

「そ、そのつもりで、来たのです」

女は言う。

「しばらくお待ちを」

箕之助は腰を上げ、物置にしている次の間に入った。角樽なら十樽近くもある。最近街道筋の商家に祝い事があり、まとめて持ちこまれたばかりである。

そのうちの小さめのを二つ両手に提げ、

「志江、あと二つほど持ってきておくれ」

奥に声をかけた。話はどう展開するか分からない。とりあえず志江にも四ツ谷の小間物屋のおかみさんと思える女の顔を見せておくためである。

ふたたび腰を折りながら、

（なぜ、この人が祝いの品を）

箕之助には解《げ》せなかった。

「これでございますね」

志江も小さめの角樽を持って店の板間に出てきて、

（アッ）

声には出さなかったが、女の正常でないのに気づいた。

「これ、これを」

四つならんだ樽は、いずれも小振りで漆塗りの祝い樽である。女は選びもせず一つを指差し、たもとから巾着《きんちゃく》を取り出した。その指先がかすかに震えているのを、箕之助は見逃さなかった。志江も気づいたようだ。

「酒屋さんはそこを街道のほうへ向かった角ですから。志江、ご案内を」

志江が三和土に降りようとすると女は、

「い、いえ。わ、分かりますから」

代金を払うと逃げるように敷居を外へまたいだ。

箕之助は志江に視線を送るなり三和土に飛び降り外に出た。志江は心配げに頷きを返した。箕之助がすでに、

(目に見えぬ奥向きに)

踏み入ってしまったことを感じざるを得なかった。

箕之助はすぐに女の背を捉《とら》えた。

(ん?)

女は立ちどまった。往還の防火用水桶の脇にしゃがみこみ、角樽の栓を開けふところからなにやら取り出したのだ。十間(およそ十八米《メートル》)ほど離れたところから箕之助は見つめている。

「おや、大和屋さん。こんなところで」

「へえ、ちょいと汗を」

顔見知りが声をかけてきたのへ箕之助は返し、ふところから手拭を取り出した。

女は立ち上がった。角樽になにかを入れたようすがうかがえる。大事そうに両手で抱えこみ、ふたたび往還に歩を進める。酒屋に向かっている。前もって場所は確認していたようだ。

酒屋に入った。箕之助は往還の板塀の陰に身を潜めた。というよりも、日陰で一休みの風情をつくった。暑いのがかえってさいわいする。

出てきた。女は街道のほうに向かう。箕之助は酒屋に入った。

「おや、箕さん。さっきのお客さん、ありゃ大和屋さんからの角樽で？　薫《かお》りの一番いいのをってご注文いただきましたよ。でもみょうな」

気心知れた町内の商人仲間である。訊かずとも酒屋のあるじはべらべらしゃべりだす。

「祝い樽なのに顔はちっとも嬉しそうじゃない」

「どんな」

「ひきつってなすった。酒を詰めるこっちの手元を凝っと見つめて、変わったお客さんだったよ」

「そうですか。また来ますよ」

「どうしなすったね、大和屋さん」

酒屋のあるじの声を背に、箕之助は往還に飛び出ていた。

もう行く先は分かっている。追った。女はやはり道に馴れないせいか、街道に出てから芝一丁目のほうへ向かっている。

どんな種類のものかは分からない。だが、

(毒薬)

箕之助の心ノ臓は高鳴った。

町駕籠が掛け声とともに追い越していった。足元にほこりが舞い上がっている。

(無謀だ! あまりにも)

歩を速めた。

「おかみさん」

呼びとめたのは、芝二丁目に入ってからだった。女はギクリとしたようすで振り返り、

「あっ、さっきの」

「へえ、献残屋です」

往来人にまじって大八車がすぐ横を通りすぎる。車輪の音が大きい。

「いけませんよ、みょうな気を起こしなさっちゃ」

その言葉に女は驚愕し、声も出ないようだ。無理もない。図星を突かれたのだ。箕之助は追い討ちをかけた。

「角樽よりも、もっといいものがあるかもしれません。ともかく店のほうにもう一度お越し願えませんか」

「えっ」

女は往還に立ったまま顔面蒼白になり、箕之助の顔をまじまじと見つめた。女の角樽を抱え持つ手と、それに足までがかすかに震えはじめた。街道を行く者が、立ち尽くす二人に注目しはじめる。

「さ、ここでは他人《ひと》さまから訝《いぶか》られます。早く」

箕之助は女の背をもと来た三丁目のほうに押した。……四ツ谷の小間物屋のおかみさんは、報復を考え白浜屋を窺《うかが》った。が、方途が思いつかない。そこへ聞いたのが、白浜屋にふたたび婿が入る噂だった。思いついた。婚礼の日に祝儀の酒を届け……箕之助は考えられる思考の筋道を追った。

だったら半年前の殺しは、ほんとうだったことになる。いずれかに、このおかみさんの息子は殺されたのだ。

だとしても、

(無謀だ)

角樽を婚礼の席で開けたなら、芝一丁目は大騒ぎになる。女の知恵の浅はかさというよ

りも、

(そこまで思いつめていたのか)

箕之助は解釈した。

おかみさんはいま、ぎこちなく箕之助に従っている。見破られたのでは、それ以外に方《ほう》途《と》はない。箕之助には、小さな足音を立てて自分に従うおかみさんが、憐れにも思えてくる。

歩きながら箕之助は言った。

「献残屋とは、因果な商いでございましてねえ。つい、見なくてもいいものまで見えてくるのですよ。白浜屋さんのことも、いろいろ……とね」

おかみさんは頷《うなず》いた。箕之助はつづけた。

「しかし、いけませんや……これは」

手がおかみの抱え持っている角樽に伸びた。抵抗もなく、小振りな漆塗りの角樽は箕之助の手に移った。

志江は店の板間で箕之助の帰りを待っていた。角樽が箕之助の手にあるのを見て、

(とうとう踏み入ってしまった)

志江はふたたび感じ、もうそれに合わせるしかない。腰を上げ、

「ささ、狭いところですが、奥にもう一部屋ありますから」

つぎには案内していた。

奥の、卓袱台の部屋である。

「本当なんです。本当なのです」

四ツ谷の小間物屋のおかみさんはおイネといった。すがるように、おなじ言葉を繰り返す。

「お上に訴え出なかったのですか」

志江は茶をすすめながら問いを入れた。

「証拠が、証拠がないのです。だけど、仙太郎《せんたろう》が……仙太郎が」

先の入り婿で、おイネの息子だ。

『おっ母さん。俺、殺されるかもしれない。おトシと、その間男《まおとこ》に……』

死ぬ前、言っていたというのだ。夏風邪をこじらせて寝こんだのを見舞いに行ったときだという。

「枕元にあたし一人になったとき、そっと」

おイネは話す。

だがこの時代、風邪をこじらせ肺炎を患って死にいたることは珍しいことではない。ただ、発症してから息を引き取るまでの期間が、わずか数日と極端に短かった。それが殺しの噂を呼んだのかもしれないが、

「間男は、ほんとうだったのです。あたし、調べたのです。出かけるおトシのあとを、何度も尾《つ》けて」

年格好を聞くと、箕之助と留吉が見た、あの気障男であった。

なるほど筋の組み立ては成り立とうが、死人《しびと》が生前言っていたというだけでは証拠にならない。奉行所に訴え出ても追い返されるだけだろう。

さらにおイネはつづけた。

「きっと、こんどの入り婿はあの男なんですよ。出入りするのを見ましたから。あたし、同業のおカツさんに頼まれてせがれの仙太郎をせっかく白浜屋さんにやったのに、こんどはあんな男《の》を入れるなんて、まったくおカツさんも、馬鹿な人ですよ」

箕之助と志江は顔を見合わせた。おイネは知らないようだ。

「違うよ、おイネさん」

箕之助は言った。こんどの入り婿がまじめな錠前直しの職人であることを話すと、

「えぇっ」

おイネは驚愕し、手にしていた湯呑みを落としそうになった。

「で、では、いったい」

その内幕が箕之助にも分からない。志江も困惑の表情になる。

「ともかく、おイネさん。きょうはこのまま四ツ谷にお帰りなさいましよ。ここなら白浜屋さんに近く、いろいろな噂が入ります。変わったことがあれば、すぐ知らせてさしあげますから」

おイネは箕之助の言葉に頷く以外にない。

志江が途中まで見送るため一緒に出かけた。

部屋の隅においた角樽を凝っと見つめていた箕之助が、それを手に出かけたのは志江が帰ってきてからだった。もう夕暮れに近かった。

芝三丁目から東海道を西に横切り、街道筋の町家を一丁（およそ百米《メートル》）も進むと風情はがらりと変わり、高禄の旗本屋敷や大名屋敷の白壁に挟まれた往還になる。街道や町家の喧騒は伝わってこない。留吉の普請場はこの一画のどこかだが、もう帰り支度をはじめているころだろう。白壁を二丁あまりも進むと、田町四丁目で東海道から分岐し北へ伸びている往還に出る。その道に沿って六丁ばかり進むと、古川《ふるかわ》の赤羽橋《あかばねばし》に出る。渡ればすでに増上寺の裏手で、そこに蓬莱屋の暖簾が見える。往還に人通りは少ないが、寺社や武家を相手とした大振りの献残屋としてはいい立地である。朝夕には寺僧たちの読経が聞こえ、それを毎日耳にしながら箕之助は献残屋の修行を積み、丁稚から手代、番頭へと進んだのである。

「あれ、箕之助さん。こんな時分に。それになんですか、そんなのを持って」

暖簾をくぐるなり手代の嘉吉《かきち》の声が飛んできた。かつて番頭の箕之助についていた丁稚である。箕之助が大和屋を立ち上げたとき蓬莱屋から出向き、ずいぶんと箕之助の手となり足となったものである。その後も大和屋と蓬莱屋の連絡役をつとめ、あるじの仁兵衛に見込まれ手代に昇進したいまも、その連絡役に変わりはない。

「あゝ、これかい。ちょいと旦那さまにな」

「えっ、そんなのを？」

風呂敷に包んであっても、見れば角樽と分かる。庶民用から豪華なものまで、蓬莱屋の蔵にはいくらでもある。

「ともかく旦那さまにちょいと」

勝手知ったもので箕之助は角樽の包みを手にしたまま店の板間に上がり、奥の廊下に向かった。裏庭に夕陽が射している。そろそろ増上寺から夕のお勤めの読経の響きが聞こえてくる時分である。

障子を開け放した部屋で、

「ほおう、これがそのみょうな酒か」

あるじの仁兵衛《にへえ》は箕之助の話を聞き終わると、かたわらの角樽に目を向け、

「得意先で懇意にしている医者がおるでの。調べてもらっておこうよ。殺しの毒入りかどうかをな。それにしても箕之助や」

ふたたび視線を箕之助に戻した。

「おまえは、よくよく儂《わし》の教えに背《そむ》く男じゃなあ」

「へえ」

恐縮の態《てい》を見せる箕之助に、仁兵衛はつづけた。

「もっとも、この儂を倣《なら》ってのことだろうよ。そんな儂から、文句は言えんがの」

「いえ。決して、そんな」

箕之助はますます恐縮の態になる。

仁兵衛は夕陽に赤みを帯びた庭に視線を投げた。

「因果さ、献残屋の」

庭に消え入るような声であった。

増上寺から読経の音が、かすかにながれてきた。

六

「箕之助旦那さま、大旦那さまがお呼びです」

と、蓬莱屋手代の嘉吉が大和屋におどけた声を入れたのは、箕之助が小振りの角樽を抱えて赤羽橋を渡ってから二日ほどを経た午《ひる》すぎだった。

「ほう、分かったか」

三和土に立ったままの嘉吉に箕之助は板間を歩み寄った。

「はい。やっぱり、と大旦那はおっしゃって」

嘉吉は仁兵衛からことの次第を聞いているようだ。箕之助が大和屋を立ち上げて以来、蓬莱屋では嘉吉が仁兵衛にとってみずから〝教えに背く〟動きの手足になっている。だから、仁兵衛と箕之助の連絡役も務まるのだろう。

「まあまあ、嘉吉さん。上がってお茶でも飲んでいきなさいよ」

志江が奥から言ったのを箕之助は、

「いや。これからさっそく」

と、さえぎるように言い、もう三和土に降りて草履をつっかけていた。

「おまえさん」

志江は板間に出てきた。

「おかみさん。ご心配でしょうが、その懸念をなくするためにも」

などと嘉吉は一人前の口をきき、ぴょこりと頭を下げる。

「そうね。仁兵衛旦那によろしゅう」

応じる以外にない。すでに白浜屋の奥向きに踏み入ってしまっているのだ。志江は下駄をつっかけ、おもてまで出て見送った。


「で、どんな薬物だったのだ」

二人の足は武家地に入った。

「それは箕之助さんに直接、と。ただ……」

「ただ？」

歩を進めながら二人は話も進めている。白壁の往還には樹々《きぎ》が多く、街道や町家を歩いているときよりも涼しく感じる。

「この話には分からぬことがまだある、と大旦那はおっしゃっておいででした」

言われなくても、それは箕之助が一番強く感じていることである。半年前の噂の真偽《しんぎ》である。先の入り婿の仙太郎が殺されたという確証がない限り、おイネの報復は成り立たないのだ。そこにあの気障男は、

(どう関わっているのか)

赤羽橋を渡った。

三日前とおなじ、裏庭に面したあの部屋である。

小振りな角樽を前に、仁兵衛は言った。

「呑めば、確実に死ぬらしいよ」

「えっ。そんな強い毒で?」

「あゝ。慌てて医者を呼んでも、間に合わないほどとか。姫百合《ひめゆり》の根だったよ。それも乾燥物ではなく、生《なま》をすりつぶしそのまま混入してあったそうな」

「えっ、姫百合!」

箕之助にもその知識はある。春の終わりから夏にかけ、蘭に似た白い花が一本の茎に小さな釣鐘《つりがね》のようにいくつもならんで咲く。いまが旬《しゅん》の野草で、採取は容易だ。全草に猛毒を持ち、医者が処方すれば心拍の停止を防ぐ刺激剤にもなるが、可憐な花だからといって

活《い》けた水を誤って飲んだだけでも死にいたるといわれている。

「医者が言うにはな」

仁兵衛は淡々とつづけた。

「話によく聞く鳥兜《とりかぶと》なら全身に痙攣《けいれん》を起こし、激しい腹痛と下痢のうえ呼吸が麻痺《まひ》して顔もひんまがり、苦しみながら死ぬから毒物を盛られたとすぐ分かるそうな。ところが姫百合なら、吐き気と頭痛だけでコトリと心ノ臓がとまるらしい。それも生の根だったら、ほんの少量、すりつぶしただけでそうなるとか。酒に入れたんじゃ、呑むほうはその苦味にも気がつかないってことだ」

「やはりそれを、白浜屋に！」

箕之助は絶句した。

「さ、分かったら、これをどう使うか、おまえしだいだ。捨てるもよし、おイネさんとやらの怨念晴らしに使い道を考えてやるのも、な。おっと、儂《わし》までまた悪いくせを出しちゃいかんわい」

仁兵衛は自分の首筋をたたき、猛毒入りの祝い酒が詰まった角樽を箕之助のほうへ押しやった。増上寺からいつもの響きが聞こえてくる時刻ではなく、部屋の中はまだ明るい。

「ありがとうございました。ひとまず、持って帰ります」

「手間ひまかかるぞ」

角樽を引き寄せる箕之助へ、仁兵衛はかぶせるように言った。

「へえ」

絞り出すような声を箕之助は返した。嘉吉がおもてまで出て見送る。

「またおまえに、連絡役でここと芝三丁目のあいだを、何度か走ってもらうことになるかもしれん」

「へえ」

すでにその気になっているような声を、嘉吉は返した。


「あぁ、暑い、暑い。ひとっぷろ浴びてくらあ」

その日の太陽が落ちかけたころ、腰切半纏に道具箱を担いだ留吉が声だけを大和屋に入れた。蓬萊屋から帰り、帳場で書き物をしていた箕之助が、

「あ、留さんちょっと」

三和土に降りて草履をつっかけたときには、もう留吉のうしろ姿は二丁目への角を曲がっていた。声を聞いて奥から出てきた志江も、

「まるで平穏無事のしるしみたいね」

「あゝ、まだ婚礼から三日目だからなあ」

拍子抜けしたように、箕之助は板間に上がった。

そのあと舞も大和屋に顔を出したが、

「なんにもないみたい。あの日以来、長屋の中でも噂はながれていないかずっと聞き耳を立てているのだけど」

言っただけですぐに帰った。

白浜屋には、まだなにごとも起こっていないようだ。箕之助もさっき、赤羽橋から帰ってから、

「話が大きくなってはまずい。ともかくこのことは伏せておこう」

と、志江と話し、小振りの角樽を部屋の隅にそっと置いたものである。だが、中身が猛毒とあっては気味のいいものではない。

「あした、ちょいとのぞいてくるよ」

舞の帰ったあと、言った箕之助に志江は頷いていた。婚礼の日、箕之助の機転がなかったなら幾人の死人が出ていたか分からない店なのだ。

翌日、箕之助は足を運んだ。まだ太陽が中天にかかる前である。白浜屋の暖簾を一歩入

るなり、

（おかしい）

箕之助には感じられた。平穏すぎるのだ。与助が店の帳場に座っている。婿に入ったのだから、それはあたりまえかもしれない。箕之助の顔を見て、はにかんだ顔をする。

「ほう、与助どん。じゃない、与助さん。板についているじゃないか」

「い、いえ。ま、まあ」

また顔を赤らめる。そのしぐさがいかにも与助らしい。声が聞こえたのか姑《しゅうとめ》のおカツがすぐに出てきた。

「まあまあ、これは大和屋さん。申しわけないですねえ。すべて内々で済ませたものですから、献残屋さんにお世話になるほどのこともなく」

愛想がいい。新たな環境に満足しているようだ。もっとも与助はおカツが選んだのだから、これも当然といえようか。ならば肝心のおトシである。その疑問もすぐに埋まった。おトシが奥から出てきたのだ。

「あら、これはいつぞやの献残屋さん。聞いております。与助がお世話になっておりましたそうで」

前とは打って変わった応対ぶりである。

「おまえさん、以前お世話になっていたお方はこれからも大事にしておくれよ」

帳場の与助にながし目を送る。

「へえ」

与助はまるで使用人のようにぴょこりと頭を下げ、箕之助の前だったせいかまた顔を赤らめる。

棒手振から婿に入ったばかりで、まだ無理もあるまい。そのしぐさも見るからにいま仕合わせの絶頂にある印象を受ける。

箕之助はおトシに目をやった。亭主になった与助に色っぽくほほえみかけている。それを見る母親のおカツも満足げに見える。

「さようでございますか。今後ともなにかありましたらごひいきに願います」

箕之助はおもてに出た。

振り返った。

(できすぎている)

思えてくる。

はす向かいの紙屋に入った。

「あゝ、あの遊び人みたいな男かい。たしか政次郎《まさじろう》とかいったねえ。与助さんが入りなさってから来ないよ。来てもあの二人にあてられ、這《ほ》う這《ほ》うの態《てい》で逃げ帰るだけだろうさ。いい気味さね、あんなみょうなやつ。おトシちゃんもこれで落ち着いてくればいいんだけどねえ。おカツさんもやれやれだわさね」

紙屋のかみさんは饒舌《じょうぜつ》に言う。

「さようですか。それはようございましたねえ」

箕之助は紙屋をあとにし、町名が芝一丁目から二丁目に変わるところで振り返った。

(誰かが自身を偽《いつわ》っている)

そう感じられるのである。自分を糊塗《こと》し、周囲の目をたばかっている。もちろん与助であるはずはない。だとすれば、継母のおカツか、娘のおトシか。ともかくそう思えてくるのである。ななめ向かいのごく近所のかみさんの目までくらましているのだから、その演技力は相当のものと言わざるを得ない。ならば、

(その者の目的はいったい何なのだ)

家に帰れば、部屋の隅にあの角樽が置いてある。捨てて済むものではますますなくなったという思いが、箕之助の胸中にこみ上げてきた。

さらに三日がすぎ、四日がすぎる。すでに水無月《みなづき》(六月)で夏の盛りである。

「湯屋で与助の野郎と一緒になってよ、からかってやろうと思ったが話にならねえ。ただ

へらへらするばかりでよ。ありゃあおトシにすっかり骨を抜かれちまってるぜ」

留吉が言えば舞まで、

「おかしいのよ。言っちゃなんだけど、おトシさんに与助さんは難しいのでは、と……近所の人、みんな言っていたのに。それにおトシさん、仲の悪かった継母のおカツさんとまですっかり打ち解け、落ち着いた暮らしができるようになったのはおっ母さんのおかげだなんて、近所に言いふらしてるらしいのよ。いったいどうなってるの」

などと、疑念をにじませながら言う。

「やはり舞ちゃんも感じる？」

志江は言っていた。

四ツ谷からは、

「どうなっているでございましょうか」

と、おイネが一度大和屋に顔を見せたことがある。

箕之助も志江もとまどった。「白浜屋さんでは皆さん仲むつまじく」などと言えたものではない。おイネが一人で芝一丁目にようすを見に行くのも防がねばならない。一家無差別に殺戮《さつりく》しようとした女である。近所でその家がうまくいっている噂を聞けば逆上し、また何をしでかそうとするか知れたものではない。

「ご覧なさいまし。ちゃんと取ってあります。無駄には使いませんよ」

箕之助はおイネを部屋に上げ、あの角樽を見せた。

「大和屋さん。あ、あたくし、思いを遂げましたなら、もう自身番にでも大番屋にでも自首いたします。他人《ひと》さまには、ましてこの大和屋さまには、決してご迷惑はおかけいたしませぬ」

おイネは箕之助と志江の顔を凝《じ》っと見つめた。目が燃え、手があのときのようにかすかに震えていた。その形相に志江が思わず、

「おまえさま」

箕之助の横顔に視線を投げたものであった。箕之助は頷いていた。その日も、志江は途中まで見送った。帰ってきた志江に、

「白浜屋、このままであるものか。きっと、なにがしかの動きを見せるはずだ」

箕之助は言い、待った。待ちながらも、ときおり白浜屋のほうに足を運んだ。与助の無事を確かめておきたかったのだ。もちろん、

「やあ、与助さん」

と、近所に来たふりをしてフラリと店に入ったこともある。そのとき、店番は与助一人だった。箕之助は声を殺して言った。

「なにか困ったことがあれば、いつでも相談に乗るから。どんなことでも」

とくに最後の言葉には与助を見つめ、真剣な表情をつくった。

「え？」

与助は怪訝《けげん》な顔を返した。まだ、身に余る仕合わせを感じているのだろう。果たして近所に聞く噂も、以前と変化はなかった。穏やかなのだ。だがかえってそこに、箕之助は動きの案外早いことを感じ取っていた。それがおカツであれ、あるいはおトシであっても、うまい演技などそう長くつづけられるものではない。

ときおり夕立の降る日もあったが、暑い日がつづいている。果たして動きはあった。しかもそれは、驚愕《きょうがく》すべきものであった。

七

水無月も末に近い。弥助が白浜屋に入ってからひと月ばかりを経ている。

夕刻であった。

「大和屋さん、大和屋さん」

押し殺したような声とともに、勝手口の戸を忍ぶようにたたく音を、志江は台所で聞いた。

「ん？　どなた」

台所仕事の手をとめ、勝手口の小桟《こざる》を上げ半開きに引き開けた。

「ま、いったい！」

すべりこんできたのは与助だった。志江が声を上げたのは無理もない。浴衣《ゆかた》に手拭を肩にかけ湯屋にでも行くような格好だが、蒼ざめたその表情は切羽詰《せっぱつま》ったものをうかがわせている。

「大和屋さん！　俺、来ました。そ、相談に。旦那さまは」

「えっ」

うしろ手で戸を閉めるなり上ずった声で言う。

つられたように志江も小さく吐き、店の板間のほうに声を投げた。

「なにかあったか」

と、箕之助はすぐに来た。

「旦那さん、相談に乗ってくださるとおっしゃったから……！」

「あゝ、言った。ともかく上がりなよ」

「いえ、ここで。俺、湯に行くふりをして店を出てきたんです。だから、すぐ湯に行って

「怪しまれるっていうのかい。姑のおカツさんにか、それとも女房どののおトシさんか」

与助はまだ勝手口を背に立ったままである。

「おトシ、おトシです。あいつ、見かけはあんなでも、なかは般若《はんにゃ》です」

「ほーう、般若ねえ。おまえさんを、殺しかけたかな」

「い、いえ。その、逆で。お、俺に。この俺に殺しを！」

「えぇっ。どういうこと！」

与助が話しやすいように水を向けたつもりが、意外な返答である。志江もかたわらから押し殺した声を出した。夕飯の準備どころではない。

「与助どんに殺しを？　いったい誰をだい」

箕之助はできるだけ落ち着いた声をつくった。

「おトシが、おっ母さんのおカツを……なんです」

「なんだって！」

驚愕せざるを得ない。志江も同様である。

与助は話しはじめた。昨夜のことだという。蒲団に入り、おトシは与助の耳に熱い吐息を吹きかけた。与助には夜な夜な心地よい、天にも昇る感触である。おトシはささやいた。おカツの部屋とは廊下を隔てており、睦言《むつごと》だと聞かれる心配はない。それに、おトシはことさら声を落としている。息だけが、与助の鼓膜をふるわせる。

『――あたしゃねえ、あんたと二人きりの生活が欲しいのさ。殺《や》っておくれでないかえ。おカツを』

『――えぇえ！』

『――あたしへの入り婿は、あんたで二人目だということは知っているだろう』

『――お、俺、二人目でも三人目でも、嬉しいよ。おまえと毎晩、こうして』

『――それが、問題なんだよ。前のうわさ、知ってるかえ。あれはねえ、あたしが先の亭主と仲がよかったのをおカツが嫉《そね》んでさあ。夏風邪を引いたのをさいわいに、あたしの知らない間に』

おトシは言葉を切って、

『――一服、盛りやがったのさ』

『――えぇ！』

驚く与助におトシは足をからませた。

『――そんなこと、分かってても余所《よそ》さまに言えないじゃないか。それをいいことに、おカツはこんども』

『——お、俺をかい！』

『——そうさ。あたしには分かるのさ。おカツの、あの目つきがさあ。ありゃあ、おなじことを考えてるよ、以前と。それをくり返し、あたしを狂わせようとしているのさ。しょせんは継母《ままはは》さね。このままじゃ、あたしまで危ないのさ。あの女の狙いは、この店を自分のものにすることだからね』

おトシの手のひらが与助の肩から首筋を這う。

『——ど、どうすればいいんだ』

『——することは一つしかないさ。こちらから殺《や》るのさ』

板塀の向こうに、大八車の通る音がした。話は途切れた。

「そ、それで」

ふたたび、つなぐように声を入れたのは志江だった。殺しの方法を訊いたのである。

「もう近所には、あした俺がおふくろさんを親孝行の証《あかし》に江ノ島詣《もうで》へつれていくって言ってあるんだ」

手順まですでに決めていた。品川宿を出てから機会をうかがい、六郷川《ろくごうがわ》か馬入川《ばにゅうがわ》（今の相模川《さがみがわ》）か、はては酒匂川《さかわがわ》あたりで首を絞めて海に流し、二日ほど街道筋ですごしてから帰ってくる。おトシはそのあいだ「うちの人が親孝行をさせてもらいたいというのでね。ありがたいことです」と、紙屋をはじめ近所に触れる。

『――あとはもう、おまえさんとあたしと、二人だけの生活さ』

それを話しているあいだも、与助は落ち着かないようすだった。

箕之助は即座に判断した。

「分かった。ともかくきょうはこのまま湯に浸《つ》かって、なにくわぬ顔をして帰りなよ。あしたは親孝行のつもりでおカツさんをつれて出かけるといいよ。それで田町八丁目の茶屋で一休みするんだ。ほれ、大工の留さんの妹で二丁目の舞ちゃんが出ている店さ。鉄扇の旦那もいなさるから、そこで言われるとおりに……な」

与助の肩をたたいた。

「へえ」

与助はまたぴょこりと頭を下げ、勝手口に手をかけた。

「与助どん。じゃない、与助さん。あんたはもう白浜屋の押しも押されもせぬ亭主さ。うちのお得意さんにもなってもらわなくちゃね。そんなお人を罪人《つみびと》なんかにはさせないよ」

箕之助は与助を包みこむように言った。

「へえ」

与助は来たときよりも、いくぶん落ち着きを見せていた。

「さっき角を曲がっていったの、与助の野郎じゃねえのかい」

入れ替わるように留吉が大和屋の玄関に声を入れた。

「おう、これは留さん」

箕之助は待っていたように留吉を中に招き入れた。

この日、留吉に加え、ふたたび舞と寅治郎も卓袱台のある部屋にそろった。

「さようか」

寅治郎は頷き、

「えっ。この角樽に、一口《ひとくち》でイチコロの猛毒が！」

角樽の中身を聞かされた留吉は思わず声を上げ、舞はそれを凝っと見つめた。四人の意気があったのは、これで何度目になろうか。

この日、日暮れてから箕之助は赤羽橋に走った。増上寺からの読経も、すでに聞こえなくなっている時分だった。

「まったくおまえらしい。だが、そのあとのほうに、骨が折れそうだなあ」

仁兵衛は奥まった小さな目をキラリと光らせた。

「へえ」

箕之助は頷いた。当面の策は立てたものの、そのあとのながれが箕之助にも読めないのである。

八

朝を迎えた。靄《もや》の中に納豆売りや蜆売りの声にまじって舞が大和屋の玄関へ顔をのぞかせ、ついで留吉が威勢よく通りすぎ、陽が昇ったころには寅治郎が鉄扇をふところに悠然と田町のほうに向かう。きのうにつづくきょうの姿であり、そこに変わりはない。ただ舞が、

「それでは」

声をかけたのへ志江が、

「よろしゅう」

応じたのはいつもと違っていた。

寅治郎が田町に向かったあとである。箕之助は街道に出た。すでに一日は始まっている。荷馬がときおりいななき大八車が車輪を響かせ、品川宿のほうへ向かう旅姿の者につき添って歩を進めているのは親族やお店《たな》の同輩たちであろうか。それら見送り人はおよそ

が田町の七、八丁目から九丁目あたりまでであり、ここで茶をすすりながら長旅に出る者と別れを惜しむ。そこを過ぎるともう街道の片側は江戸湾袖《そで》ヶ浦《うら》の海浜となり、高輪泉岳《たかなわせんがく》寺《じ》の門前を経て東海道最初の宿駅である品川宿となる。

芝の街道ではすでに職人や棒手振など出商いの者が行きかい、町家の者もそろそろ出はじめている。角帯に前掛姿の箕之助は路地の陰に身を潜め、というよりも人待ちのようにたたずみ、芝一丁目のほうをうかがった。

出てきた。二人とも足には草鞋を結んで脚絆《きゃはん》を巻き、与助は尻端折《しりはしょり》に笠をかぶり、おカツは杖を持ち頭には日除けの手拭を載せている。おトシも街道まで出てきて、ことさらに笑顔をつくっている。

(たいした女狐《めぎつね》だ)

思えてくる。与助もなかなかのもので、おトシに悟られることなく一夜を過ごしたようだ。

その箕之助の前を二人は通りすぎた。同時に、

(やはり)

二人のあとを、五間（およそ十米）ほど離れてあの男が尾《つ》けている。きのう箕之助は与助に、芝八丁目の茶屋までは駕籠に乗らないようにと言っておいた。尾行する者がいるか

どうかを確かめるためである。果たして絡《から》んでいたのだ。睨んだとおり、継母といえど親を殺害するなど娘一人で考えつくことではない。いよいよ箕之助は確信を強めた。気障《きざ》男の政次郎である。腕まくりした手で着物の裾《すそ》をちょいとからげ、細めの髷を斜めにずらせた相変わらずの格好である。旅姿ではない。ということは、与助がおカツの首を絞めるのまで見届けるのではなく、二人が江戸を出るのを確かめるだけのようだ。江戸からの江ノ島詣は二泊三日の旅になるのが相場だ。そのなかに第二幕があるとすれば、そのあいだ政次郎が白浜屋に入りびたることはないだろう。おトシも政次郎も、近所に疑念を撒き散らすようなことはしないはずである。

箕之助はその政次郎を尾けた。

芝四丁目の札ノ辻をすぎても、政次郎に引き返すようすはない。芝七、八丁目まで尾いていくようだ。

陽がすっかり昇ったころ、与助とおカツの足は芝八丁目に入った。舞のいる茶屋の前に町駕籠が二挺、とまっているのが見える。駕籠舁き人足が一杯三文の茶でちょいと喉を湿らしている。珍しいことではない。さっきも一挺、掛け声とともに箕之助の横をすり抜けていったばかりだ。腰に力を入れ、声も上げているのなら喉も渇こう。

舞が往還まで出てきて二人に声をかけた。手はずどおりである。二人は立ちどまり、縁台に腰を下ろした。

「ちっ」

政次郎は舌打ちをしたようだ。すぐ近くの茶屋に入った。振り返られても見つからぬように奥の縁台に席をとったようだ。箕之助には好都合である。舞のいる茶屋から顔をのぞかせた寅治郎に箕之助は手で合図を送った。寅治郎は往還に出てゆっくりと政次郎の入った茶屋に歩み寄る。一帯の茶屋はすべて寅治郎の用心棒の範囲だ。

「おい、そこの若いの」

浪人者から居丈高《いたけだか》に声をかけられ、

「うっ」

政次郎は口にあてた湯呑みにしぶきを上げた。

「ここでなにをしておる。土地の者でも旅の者でもなさそうだが」

「なにをって、茶を呑んでるだけでえ。それがどうしたい」

いくら遊び人風体だからといって、役人でもない相手からいきなり不審尋問のようなことをされたのでは腹も立とう。寅治郎と二言《ふたこと》三言《みこと》やり合っているようだ。駕籠が二挺、八丁目のほうから府内に向けて走っていった。というよりも、戻っていった。垂《たれ》を下ろしているから中は見えない。

「じゃましたな」

寅治郎はまた往還に出た。

「ふん」

政次郎は鼻を鳴らし、立ち上がって八丁目のほうに目を凝らした。二人がいない。慌てたように小走りになり、与助とおカツが腰を下ろしていた茶屋に、

「さっき親子のような二人づれがここで茶を呑んでたろう。どこへ行った」

「どこへって、旅に出るお人ですよ。もう立たれましたけど」

応対しているのはむろん舞である。

「もう立ちやがった？　どこにも見えねえじゃねえか」

「そりゃあそうですよ。駕籠を拾いなさって、あちらのほうへ」

舞は品川宿の方向を指さした。

「くそ。なんか言ってなかったか。どこへ行くとか」

「えゝ、これからおっ母さんをつれて江ノ島詣とか。親孝行じゃござんせんか」

「ほう、そうかい。やはりなあ」

政次郎は満足したように言い、

「すまねえなあ、茶も呑まねえで」

舞に背を向け、街道を引き返しはじめた。二人が江戸を出た確証をとったつもりになったのだろう。

箕之助は引き返す政次郎を確認してから駕籠を拾い、垂を下ろしさきほどの二挺の駕籠を追った。すぐに政次郎を追い越した。

駕籠は札ノ辻から北へ折れる枝道に入った。赤羽橋へ向かう往還である。

蓬萊屋の奥座敷で、おカツはまだ怪訝の色を隠していない。田町八丁目の茶屋で顔見知りの舞に声をかけられ、与助から「このまま黙って言うとおりにしてください」と戻り駕籠に乗せられたのだから、事態を解しかねただろう。だがいま与助から事情を聞かされ、初対面とはいえ大店のあるじで相応の落ち着きがある仁兵衛から、昨夜箕之助がしばらくおカツと与助をかくまってくれと頼みに来たことまで説明されると、信じないわけにはいかない。それにおカツとて、与助を婿に入れてからのおトシの豹変振りは、嬉しくはあったが理解の度を越していたのだ。言われれば、不審に感じても不思議はない。だが、継子《まま こ》とはいえ娘のおトシが与助を使って自分を殺させようとしていたなど、

「そんな!?」

まだ信じられぬといったおカツの声に、

「箕之助さんがお越しです」

嘉吉の声が重なった。

「やっぱり政次郎め、出ておりましたよ」

言いながら箕之助はその場に腰を据えた。おカツは箕之助が政次郎まで知っていることにますます驚きの態を示す。

「おカツさん。気をしっかり持ってください」

箕之助は腰を下ろすなりおカツをなだめるように話しだした。

「えぇ！　四ツ谷のおイネさんがっ」

話が毒入りの角樽におよぶとおカツはさらに仰天し、

「無理も、無理もないのです！」

顔面蒼白になり、肩も手も震わせはじめ、

「あの店、ゆくゆくはおトシのものにしなければならないのです」

前置きし、まるで観念したように話しはじめた。いま眼前にいるのは、命の恩人ともいうべき面々なのだ。隠し立ての無用なことをおカツは悟ったのであろう。

「ご存知かと思いますが、おトシにはいろんな男が言い寄ってきました。政次郎もその一人でした。あたしはこれではいけないと、遠縁で同業でもある四ツ谷のおイネさんに相談し、仙太郎を婿に貰い受けたのです。もちろん仙太郎は申し分のない子でした。おイネさんが育て、あたしが選んだ婿ですから。ですが、あたしの遠縁だったのがいけなかったのでしょうか、おトシには気に入らなかったようです。それで、それであのような……」

おカツは絶句の状態になり、間をおいてからふたたび口を開いた。

「夏風邪は、ほんとうだったのです。ですがそのとき、おトシが、おトシが薬湯に、姫百合の汁を盛ったのです」

「えっ」

箕之助は低い声を上げた。奇《く》しき因縁か、おイネもおなじものを用意したことになる。

「あたし、あとからそれに気がついたのです。まだ残っているのを見て……。おトシ独《ひと》りで、そんな恐ろしいことを考えつけるはずはありません。政次郎の入れ知恵に違いないのです。あたしは何度も自身番に訴え出ようと思いました。だけど、できませんでした。訴え出れば、おトシまで人殺しで捕まってしまいます。そんなこと、先代に申しわけなくって……できません」

半年前の噂は、やはりほんとうだったのだ。

沈黙する部屋の中に、おカツの言葉はつづいた。

「あたしが与助さんを選んだのは、継母《ままはは》だからこそ、こんどはあたしとは無縁でおトシを援《たす》け、店をちゃんとやっていける人をと思ったからなのです。急いだのも事実です。政次郎を防ぐためです。それがまたこんな事態を招いてしまうなんて、仙太郎への償いをしていなかったからなのです」

初めて聞く話に与助も蒼白となり、震えはじめた。

「あたし、いまからでも償いを！　その前に、おトシの目を覚まさせなければっ」

不意に畳をけり、立ち上がろうとするおカツへ、

「待ちなさいな」

仁兵衛は射るような声をかぶせ、

「聞けばおトシさんとやら、話して分かるような娘さんじゃありませんねえ」

投げられた視線に操《あやつ》られるようにおカツは腰を据えなおし、仁兵衛を見つめた。

「行き着くところまで行かないと、おトシさんには物事が見えてこないでしょう。ここは一つ、箕之助どんの言うとおり、しばらくこの蓬萊屋で時を過ごしなさいましよ」

仁兵衛の目は顔相に似ず、柔らかさを帯びたものへと変わっていた。

九

一日が過ぎ、二日が過ぎる。政次郎が白浜屋に顔を出している形跡はない。やはりそれが、なによりの証拠である。蓬萊屋でおカツが話すには、政次郎は強請《ゆすり》たかりをもっぱらとする根っからの遊び人のようだ。街道の古川にかかる金杉橋を渡ってすぐの浜松町四丁目の裏長屋に塒《ねぐら》をおいているらしい。芝から遠くはない。おカツがおトシと与助の婚姻を急いだ理由が分かる。

三日目である。夕刻を迎えた。

箕之助は街道で、いかにもいま旅から戻った風情の与助の姿を確認した。この三日間、蓬萊屋から一歩も出ることがなかったのだから、かえって疲れて見える。一度ようすを知らせに来た手代の嘉吉によれば、朝夕にながれてくる増上寺の読経に、おカツは全身を震わせているという。お経の声というよりも、聞こえてくるのはまさに地の底から湧く響きなのだ。一服盛られて死んだ仙太郎、それを恨みとともに嘆き悲しむ母親おイネの呻《うめ》きに、おカツには聞こえているのかもしれない。いま、おトシの待つ芝一丁目の白浜屋に帰る与助の肩は、そうしたおカツの思いも背負っているのだ。

『おっ母さん。俺がついてるよ』

言いながら、読経のあいだ与助がおカツの背をそっと撫でていたのを、嘉吉は庭から見たともいう。

白浜屋は、おトシがなんら平常と変わりなく開けていた。

与助はこれまでと違い、暖簾を頭で分けて入った。おトシがどのような迎え方をしたのか、外からはうかがえない。通りに、争うような大きな声は聞こえてこない。

おそらく与助は一言、

「殺《や》ったよ」

言ったのであろう。なかなかのものである。

紙屋の前まで足を運んだ箕之助は頷き、歩を返した。もちろん、

「与助さんとはつき合いがあってねえ。なにか変わったことがあれば知らせてくださいましな」

と、紙屋のかみさんに心づけとともに頼んでおいた。

その紙屋のかみさんが、

「大変、大変！　大和屋さん！」

下駄の音もけたたましく大和屋の玄関に飛びこんで来たのは、翌日の午すぎだった。取り乱したそのようすに箕之助は心ノ臓を高鳴らせ、

（まさか！　与助がおトシを！）

瞬時、思った。

紙屋のかみさんは声を絞り出した。

「与助さんが！　与助さんが引かれていった！　お役人にいっ」

「おトシは！　おトシさんは？　生きていますか！」

箕之助は蒼白になり訊いた。それによって与助の罪は違ってくる。志江が柄杓《ひしゃく》ごと持ってきた冷水を紙屋のかみさんは一口あおり、

「そのおトシちゃんが、お役人をつれて来て」

「え？　どういうことだね」

「与助さんが江ノ島でおカツさんを殺《あや》めたと。それで与助さん、有無をいわさずしょっぴかれ、町役さんたちがいま、自身番でおトシちゃんにつき添っている」

「なんだって！」

箕之助は三和土に飛び降り、

「ごめんなさいよ！」

玄関をのぞきこんでいる近所の人をかきわけ走った。白浜屋の芝一丁目にではない。街道のほうへである。

「おっとっと」

荷馬とぶつかりそうになりながら往還を横切り町家をすぎ、さらに武家地を走った。赤羽橋に向かっている。蓬萊屋に駈けこむなり、

「旦那さまっ」

奥に声を投げた。

おトシが与助を焚《た》きつけさらにそれを密告《さ》すなど、展開は仁兵衛にも予想外であった。

「儂が八丁堀に直接確かめてこよう」

町駕籠を呼んだ。役中頼みの品などで、八丁堀には仁兵衛が懇意にしている与力や同心が少なくない。行けばようすはすぐに分かろう。

「あたし、あたしも」

おカツもこのときばかりは腰を跳ね上げた。仁兵衛は頷き、箕之助に、

「おまえにもやることはあるだろう」

「はい」

「箕之助さん。大旦那が帰ってきたらすぐ連絡します」

「ふむ」

二挺の駕籠を見送り、嘉吉が言うのへ箕之助は頷き、つむじ風の去ったような蓬莱屋をあとにした。足は赤羽橋を渡ると古川の土手沿いの往還に入った。川沿いに十丁（およそ一粁《キロ》）も下れば金杉橋である。片側が土手の草地でもう一方が武家屋敷の白壁という静かな道がつづいている。額の汗を拭きながら箕之助は小走りになった。

（なんとも恐ろしい）

与助はおトシのことを〝般若〟といったが、それ以上かもしれない。

（ならば政次郎という男は……）

きょうのようすを見ておく必要がある。おトシと結託しているなら、与助が引かれたことを当然知っているはずだ。浜松町四丁目の政次郎の塒《ねぐら》はおトシから聞いている。

政次郎はいなかった。

「あゝ、あの男かえ。昼間は長屋にごろごろしていて、気持ち悪いったらありゃしない」

「そうさ。日暮れごろに出かけてさ。帰ってくるのはいつも木戸が開く明け方さね」

聞きこみを入れた近所のおかみさん連中は、思いっきり眉根に皺を寄せて言う。やはりおカツの言ったとおり、無頼の生活《たつき》を送っているようだ。

「毎夜ですか。いったいどこへ」

「知らないよ。ま、増上寺門前の岡場所じゃないのかね。すぐ近くだから。それらしい白粉《おしろい》を塗りたくった女を、長屋にもときどき引っぱりこんでいるようだから」

長屋のおかみさんはさも嫌そうに言った。政次郎のことを聞こうとする箕之助にまで、嫌悪を含んだ目を向けてくる。

その政次郎が帰ってきた。箕之助が政次郎の塒の近辺をあとに、街道へ出て芝方向に歩を拾ったときだった。向かい側から肩を横柄に揺すりながら歩いてきたのだ。顔がニヤニヤしている。芝一丁目に出向き、与助が引かれていったのを確かめての帰りのようだ。すれ違った。政次郎は箕之助に気がつかなかった。人通りが多いうえに、政次郎は以前白浜屋で箕之助の顔をチラと見ただけなのだ。覚えてはいまい。箕之助は迷ったが、いまなにをどうすべきか、それが思い浮かばない。政次郎の所在を確認しただけで、

（ともかく仁兵衛旦那の帰りを）

思いながらすれ違った。

ただ、

（おまえも片割れだろう。無事にはすまされんぞ）

心中に呟《つぶや》いた。

待った。田町の茶屋から芝二丁目の裏店に戻った舞もそこで白浜屋の噂を耳にし、さきほど素通りした往還を慌てて引き返し、

「いったい、どうなってるの！」

大和屋に飛びこんできた。その玄関口にまた蓬萊屋の嘉吉が走りこんだ。仁兵衛が八丁堀から戻ったというのである。

「で、ようすは！」

箕之助は三和土に飛び降り、草履をつっかけた。

「それには及びません。大旦那はわたしから箕之助さんに伝えろ、と」

嘉吉は外に飛び出ようとする箕之助を手で押しとどめた。

「うっ、どんなだ。聞こう」

「与助さんは縄目をかけられ、八丁堀の大番屋につながれていたそうです」

嘉吉は話しはじめた。三和土に立ったままである。舞が外をはばかるように腰高障子をそっと閉めた。被疑者が引かれるのは、奉行所ではなくまず大番屋である。

今朝早くだった。おトシは駕籠を駆って、

「申し上げまするーっ」

常磐橋《ときわばし》の北町奉行所に駈けこんだ。亭主が旅先で母親を殺害したと女房が訴え出たのだ

から、奉行所の同心たちは驚いた。すぐさま隠密同心が町人風体を扮《こしら》え芝一丁目に入った。おトシの供述するとおり、与助とおカツが江ノ島詣に出かけ、与助が一人で帰ってきたのは事実だった。

「棒手振の与助は婿になり、店の身代を狙っているのです。つぎは、つぎはあたしが狙われまするぅ」

訴えるおトシの言も辻褄《つじつま》が合う。奉行所は躊躇することなく捕方《とりかた》を繰り出した。

まずは八丁堀の大番屋に引かれ、与助は茫然自失の態だったらしい。だが、突然狂ったように供述しだした。当然、与助の言の裏をとろうと同心の一人が小者をつれ赤羽橋の蓬莱屋に向かおうとした。そこへ駕籠が二挺、奉行所の与力とともに大番屋に走りこんだのである。むろん、乗っていたのは仁兵衛とおカツである。

「仁兵衛旦那も同座のうえ、再吟味がはじまりました。おトシを拘束するため、きょう明るいうちに芝一丁目へ再度捕方が向かうはずだそうです」

これだけ聞けば、状況はすべて分かる。明るいうちといえばあとわずかしかない。すでに捕方は出ているかもしれない。嘉吉はつづけた。

「それから大旦那さまが、箕之助さんへ特に」

「え？　まだなにかあるのか」

「はい。吟味のとき、おカツさんは政次郎の名は出しましたが、仙太郎さんのことについてはなにも話さなかった、と。それから、政次郎は事態がひっくり返ったことをまだ知らないはずだから、と」

「ふむ」

箕之助は解した。時間を惜しむため、仁兵衛はすべてを嘉吉に話させたようだ。嘉吉は腰高障子を引き開け、

「では、お伝えしましたよ」

敷居を外にまたぎ、閉めようとした。

「あ、そのまま」

箕之助は言い、舞に向かって、

「舞ちゃん。日向さまが素通りしなさらないよう見ていておくれ」

「あい」

舞もおもてに出ようとしたが、それには及ばなかった。

「道端で白浜屋がどうのとか噂しているのを聞いたが、どう進捗《しんちょく》しておるのだ」

日向寅治郎のほうから大和屋に足を運んできた。

昼間の暑さがいくらかやわらぎ、そろそろ暗くなりかけている。

卓袱台のある部屋で、

「なんと!」

おトシの所業には寅治郎も驚き、

「箕之助、急がねばならんぞ」

鋭い目を箕之助に向けた。

このときすでに芝一丁目には二度目の捕方が入っていた。おトシは白浜屋に戻り、奥の部屋で「あとのことは町内でなんとかしようじゃないか」などと町役たちに慰められているところへ踏みこまれたのだ。やがて町内は騒然とし、そのうねりはおっつけ一丁目から二丁目に波打ち、三丁目まで伝わってくるだろう。あるいはまた紙屋のかみさんが下駄を響かせ大和屋に駈けこんでこようか。

「だから、日向さまのお手を是非」

「分かっておる。さあ、舞。街道に出て駕籠を二挺ひろってこい」

「あら。あたしの分も入れて三挺では」

「だめだ。二挺だ」

寅治郎は命じるように言い、腰を上げながら、

「しかしなあ、箕之助。こいつの幕引き、難しいぞ」

「分かっております」

すでに立ち上がっていた箕之助は返した。大番屋での吟味に、おカツが仙太郎の死に一言も触れようとしなかったことが念頭にあるのだ。

「おまえは、どう幕を引きたいのだ」

店の板間に向かいながら寅治郎は言う。

「できれば、おカツさんの気持ちを大事に」

「うむ」

箕之助の返答に寅治郎は頷いた。

駕籠はすぐに来た。この時刻、品川方面からの戻り駕籠がけっこうあるのだ。

行き先は志江にも舞にも分かっている。二度目の噂が耳に入れば政次郎は逃亡するかもしれないのだ。だがそれをどう処理するか……まだ決まっていない。

「あら、舞ちゃん。留吉さんは」

ようやく志江は、いまこの場に留吉のいないことに気がついた。まっすぐ帰ったとしても、噂を耳にすればまっさきに駈けこんでくるはずなのだ。

「きょうでお屋敷の普請が終わり、柿落《こけら》としのご相伴《しょうばん》に与《あずか》るからって言ってた」

志江はホッとした。留吉がいたなら、無理やりにでもついて行くだろう。そうなれば舞も……。政次郎の決着は、奉行所より早くつけねばならないかもしれない。血を見ることになるかもしれない。これまで留吉も舞も何度かそのような場面をかいくぐってきているとはいえ、

(できれば二人に危ない橋は渡らせたくはない)

志江はつねづね思っているのだ。

外はもう暮れなずむ段階を過ぎていた。

「大変！　大変！」

駕籠の出たすぐあと、けたたましい下駄の音とともに紙屋のかみさんが大和屋に走りこんできた。

十

二挺の駕籠は金杉橋を渡ったところでとまった。あたりはすでに暗く、人通りは消えている。ところどころ居酒屋から明かりが漏れている程度である。

「きょう昼間、確かめておきました。こちらです」

箕之助は先に立って脇道に入った。浜松町四丁目である。おなじ街道筋とはいえ、噂は

まだここまでながれてきてはいない。だが、事態は思ったより先に進んでいる。

「おっ」

箕之助は足をとめ、一歩身を引いた。政次郎の塒がある長屋の木戸から、三つの人影が出てきたのだ。黒い影とはいえ、それらがいずれも遊び人風体であることは雰囲気から察しがつく。その一つ、両脇を挟まれるように歩いている男……政次郎に相違ない。箕之助と寅治郎は頷きをかわし、あとを尾けた。淡い月明かりである。

街道に出た。金杉橋のたもとから土手道に曲がり、さらに河原に降りた。昼間なら大八車や馬のひずめに下駄の歯音がけたたましく響く橋桁《はしげた》も、いまは閑散としている。河原は広く、ときには葦《よし》が刈り払われ、にわかに幔幕が張られて流人船が出る所とあっては、夏とはいえ夕涼みに来る者はいない。水の流ればかりが聞こえる。

三人は水際近くで向かい合ったようだ。人の声が水音に重なった。至近距離である。箕之助と寅治郎は葦の茂みに身をかがめ、息を殺した。

政次郎の声だった。

「なんだってんだ。こんなところにつれ出しやがって」

「えらそうな口をたたくのはいまのうちだぜ」

いくぶん嗄《か》れぎみの声が凄《すご》みを利かせた。

「なんだと」

「おめえの言うことがほんとうかどうか、きょう芝一丁目まで確かめに行かせてもらったぜ」

言ったのは甲高《かんだか》い声だった。

「どうでえ、間違いなかったろう。あそこの若女房をそそのかし、馬鹿亭主に母親を殺させ、訴え出て奉行所にそいつを始末させ、後釜《あとがま》に俺が座るって寸法よ」

「おめえ、そこまでよく考えたもんだぜ」

嗄れぎみの声があきれたように言う。

「そうとも、考えたぜ。時間をかけてな」

政次郎は得意になっているようだ。

「前の亭主も、若女房を俺がそそのかして殺《や》らせたのよ。ちょいと毒になるものを用意してな。そのあとすぐ馬鹿亭主が入りやがったのは俺の計算外だったがな。それももうケリがついた。あとはあの店を金に変え、若女房を女郎屋にたたき売る。あの器量だ。高く売れるぜ。そいつを考えりゃあ、あんたらに借りた金なんざ微々《びび》たるもんさ」

葦の陰で寅治郎と箕之助は顔を見合わせた。驚愕である。淡い月明かりに視線が頷き合う。奉行所よりも早く、いままで二の足を踏んでいた幕引きの形が、

（躊躇はいらぬ）

視線は確認し合ったのだ。風が吹き、葦が応じるように音を立てた。

河原の応答は、まだつづいている。

「ふふふ。おめえ、夕方の動きをまだ知らねえようだな」

嗄れぎみの声だった。

「なんだと。どういう意味だ」

「やい、政次郎。知らねえのなら教えてやろう」

甲高いほうの声がつないだ。

「肝心の若女房も、奉行所に引かれていったぜ。おめえの企《たくら》みなんざ、とっくにばれちまってんだよお。今夜かあしたの朝か、おめえの手もうしろよ。浅知恵だったようだなあ」

「な、なんだって！」

政次郎は身を一歩引いた。足が水の流れに触れたようだ。水音が立った。二つの影が逃げ道を塞ぐように動き、

「そうなる前に貸した金、おめえ《めえ》の体に払ってもらうぜ」

甲高い声が言うなり腰を落としふところに手を入れた。

（あっ）

箕之助は声を上げそうになった。

が、意外だった。政次郎は岸辺の流れにしゃがみこむなり子供の頭ほどの石をつかんで嗄れ声男の顎《あご》を下から一撃した。

「ぐえっ」

声は骨が砕ける音と同時だった。

「野郎！」

甲高い声が叫び向きを変え身構えようとする。政次郎が石を持ったまま相手に突進し二つの体がもつれ合ってまた水音を立てた。態勢は政次郎に有利であった。石が振り上げられ下になった男の顔面に撃ち落された。悲鳴が顔面の砕ける音に交じった。

「ふーっ」

立ち上がった政次郎の右手には、石ではなく甲高い声の男が手にしていた匕首《あいくち》が握られていた。葦の陰から見つめる目のあることに気づいていない。箕之助は驚愕している。予想もしなかった政次郎の一面である。同時に、

(なんて男とおトシは)

言い知れない怒りがこみ上げてくる。政次郎にというよりも、おトシの歪《ゆが》んだ根性と、あまりにも男を見る目のなさに対してである。

政次郎は身をかがめ、甲高い声の男の胸に匕首を刺しこんだ。動いていた身がぱたりととまった。水の流れに蹴りこんだ。顎を砕かれた男がよろよろと起き上がった。

「まだ生きてやがったのか」

言うなり政次郎は匕首を持ったまま体当たりをした。

「ううう っ」

男はうしろへよろけ、全身で水音を立てた。やがて息絶えた男は浅瀬のせいかさっきの甲高い声の男とは違って流れようとしない。ふたたび蹴りこもうとした。

「待て」

寅治郎は立ち上がった。

不意の声に政次郎の身は一瞬硬直した。

「聞かせてもらったぞ」

言いながら近づく人影に政次郎は目を凝らした。

「おっ、おめえ。街道の茶屋の」

「そうさ、用心棒さ」

「なんでおめえさんがこんなところに。それになんなんだ、おめえは」

ななめうしろにもう一つの影がつづいている。右のこぶしを軽く握っている。

「おまえの言う馬鹿亭主とゆかりの者でな」

箕之助は静かに吐いた。

「なんだと」

「まったく恐ろしい男だなあ、おまえさんは。やはり、死んでもらわねばならんようだ」

堅気《かたぎ》の町人ながら、箕之助の言葉には重みがあった。来し方のなせる業であろう。

「こきやがれ！」

言うなり政次郎は横っ飛びに逃げようとした。二人のようすにかなわぬと見たのはそうとう場馴れしている証拠というほかはない。

だが箕之助も場馴れしている。しかも寅治郎と息が合っている。右手から石つぶてが飛んだ。後頭部に命中した。

「ぎぇっ」

呻き声の直後である。

「ぐぇっ」

再度の政次郎の声に骨の砕ける音が重なった。寅治郎のふところから鉄扇が走ったのだ。首筋を骨もろともへし折っていた。政次郎の体はその場によろよろと崩れ落ちた。

箕之助は水際の死体を岸辺に引き上げた。死体が一つではあとで役人が判断に困ろう。

箕之助と寅治郎はふたたび頷きをかわし合い、河原を離れた。

街道に出た。

橋のたもとの居酒屋に灯かりが点《つ》いている。酔っ払いが一人、箕之助にぶつかりそうになった。

「おっと、いいご機嫌で」

「はは、おめえさんもなあ」

そのまま向かいの脇道にふらふらと入っていった。土地の者のようだ。留吉に似た、職人姿の男だった。一仕事終えたあとの一杯だったのだろう。庶民の楽しみの一つだ。

箕之助はその背に声をかけた。

「お気をつけなさって」

「おう」

男は返してきた。

二人は街道に歩を進めた。橋を越え、芝の方向に向かっている。町々の木戸が閉まる夜四ツ（およそ午後十時）にはまだ間がある。

街道に人影はない。空気が生あたたかい。

「また殺《や》ってしまったのう」

「そうだな。おトシという若女房のほうは、奉行所の手に任せたほうが当人のためにもなろうかのう」

「はい。おトシの自業自得《じごうじとく》から出たことというほかは」

「これしか方法が……」

「そのようだ」

歩は金杉通りを過ぎ、芝に近づいていた。

「おっと、もうそこだなあ。先に帰るぞ」

寅治郎は芝二丁目への枝道に折れた。


芝三丁目の大和屋には、やはり留吉が待っていた。案の定ほろ酔い機嫌で塒に帰り、噂を聞くなり酔いを吹き飛ばし大和屋に走ったのだった。

「そんなだから、もう日向の旦那と箕之助さんはどこへ行った、なんで俺をおいていきやがったなんて、大変でした」

舞は箕之助の顔を見るなり話し、

「で、いかように」

志江は首尾を訊いた。箕之助は、

「日向さまはもうお帰りだがな」

と、淡い行灯《あんどん》の明かりのなかに話した。留吉はむろん、志江も舞も政次郎の死に驚きもしない。予測していたのだろう。ただ、志江が、

「これから、白浜屋さん……」

ぽつりともらし、行灯の炎が、櫺子窓《れんじまど》から入った風にかすかに揺れた。

十一

大番屋の白洲《しらす》に芝一丁目の町役たちとともに、おカツをかくまった仁兵衛に箕之助らが呼ばれたのは翌々日のことであった。おカツと与助はまだ顔面蒼白で、おトシは憮然とした表情のままであった。
政次郎の死体は、すでに発見されている。もう一つの死体は金貸しに飼われている与太で、さらに一体が河口付近で引き揚げられた。いずれも刀で斬られた傷はない。
――与太同士の金の貸し借りによる諍《いさか》い
奉行所がそう判断するのも自然であろう。死体となった遊び人二人がおといの夜、政次郎を訪ねていたのは長屋の住人が見ているのだ。

——金貸しの与太と争って命を落とすような男

政次郎の無頼ぶりがいっそう明らかになる。それらの一つ一つがおトシの身を刺す。そのたびにおトシの表情は、憔悴《しょうすい》の色を濃くしていった。

お沙汰《さた》が下りたのは、それからさらに四日を経てからであった。

——おトシは悪党の政次郎に誑《たぶら》かされた

沙汰の内容に、芝一丁目の町役たちはそう解釈した。

「あの若い身空《みそら》で十年たぁ、やはり長《なげ》えぜ」

留吉は大和屋の奥の部屋で言ったものである。

——江戸十里四方軽追放

であった。軽追放といっても、京、大坂、東海道筋、日光道中がそれに加わる。重追放なら関八州全域に畿内一円と五街道筋のすべてが範囲となる。土地の役人は重追放なら厳しく目を光らせるが、軽追放ならいちいち構ったりはしない。

「ま、あの色気だ。どこへでも潜《もぐ》りこめらあ」

「兄さん！」

つづけた留吉を舞は睨みつけた。

手甲脚絆に杖、笠、それに当面の路銀を、おカツと与助が大番屋に届けた。親族が直接手渡すことはできないが、用意するのは許されている。陽が昇ってから、すでに一刻（およそ二時間）ばかりがたつ。おトシは同心からおカツと与助が持ってきたことを告げられると、嚙み締めるようにそれらを身につけた。

奉行所の同心を先頭に、笠で顔を隠したおトシが従い、そのうしろに小者が二人、六尺棒を持ってつづく。

芝一丁目では町役たちが、

「街道にまで出て、見送ったりなどしてはならんぞ」

町内の者に達していた。それが町の者の、せめてもの餞別であり、おトシへの思いやりであったろうか。

だが芝三丁目の街道で、その列を凝っと見つめる者がいた。四ツ谷から来た、おイネである。そのすぐうしろに、志江がつき添っていた。

その日、早朝に大和屋へ蒼ざめた顔で訪《おとな》いを入れたおイネを、

「その前に、ちょっとつき合ってくださいませんか」

箕之助は芝浜の海岸に誘った。手にはあの小振りの角樽を持っていた。

打ち寄せる波に、箕之助は樽の栓を抜いた。

（できれば、この酒で政次郎を葬《ほうむ》りたかった）

そのためにいままで、部屋の隅に置いていたのである。

酒の流れ落ちる小さな音が、波の大きな音に消え入る。

「ご覧なさいまし。この酒のように、水に流せといってもそりゃあ無理なことは分かっております。ですがね、この件で、一番申しわけなく思い、最も苦しんだのはおカツさんじゃなかったかと……そう思っても、それほどはずれてはいないんじゃないでしょうか。それに、いまも……これからも」

「…………」

箕之助はつづけた。

「与助どんが言っておりましたが、白浜屋の仏壇には仙太郎さんの位牌もありましてね、毎日おカツさんは手を合わせていなさるとか。与助どんも、一緒にです」

「政次郎は自業自得で死んでも、おトシはまだ生きております」

おイネはポツリと言った。

波音とともに、樽の中は空になっていた。

そのおイネにいま、志江が寄り添っている。目の前を過ぎるのは、十年帰ることのできないおトシの旅衣装である。見つめるおイネの目から憎悪の消えていないのを、背後から志江は感じ取っていた。

陽はもうすっかり高くなっている。

「おう、ここまでにするぞ」

先頭の同心が背後の小者二人に振り返った。田町八丁目の、舞のいる腰掛茶屋の前であった。同心は追放者が江戸府内を出るのを見届けると役目は終わりとなる。

同心と小者は縁台に腰を下ろした。

笠をかぶったまま深々と同心に頭を下げ、去ろうとするおトシに、

「あの、そちらのお方もお茶を一杯なりと」

舞は声をかけた。おトシは振り返った。舞に気がついたようである。立ったまま、湯呑みを受け取った。無表情である。いまなお衝撃が去らないのであろう。

これから十年……長い。待っていますよとか、月日の立つのは早いものだなどと言うのは、当人にはただ白々しく聞こえるばかりであろう。

一口、二口飲み、無言で返す湯呑みを、舞は無言で受け取った。近くの茶屋から、

「ふむ」

頷きながら寅治郎が見ている。ここまで来れば、それが江戸追放者だと気づく者はいな

い。田町九丁目を過ぎれば街道の片側は袖ケ浦の海岸となり、もう府外なのである。

陽が落ちかけたころ、蓬萊屋の奥の部屋で、箕之助は仁兵衛と夕の膳を挟んでいた。

「あのおカツさん、苦しかったろうよ」

「はあ」

「お白洲で政次郎の行状に触れるにも、最後まで仙太郎の件は口に出さなかった。おトシの罪を重くしてはならないと思ってのことだろうが、いまごろ位牌の前で震えながら詫びていることだろうよ」

おトシは動顚しながらも、お白洲でみずからの罪を重くするような話をするはずはなかった。町役たちがたとえ半年前の噂を口にしたとしてもおカツとおトシがそろって否認すれば、役人もわざわざそれを取りざたすることはなかったであろう。そそのかした政次郎は、もうこの世にいないのである。

増上寺から、重い読経の響きがながれてきた。仁兵衛も箕之助も、嚙み締めるようにゆっくりと箸を進めた。

「島送りくらいにはなろうかと思っていましたが、十年の軽追放で済んだのはようございました」

「おカツさんの計らいだ。それだけの歳月があれば、おトシが目を覚ますに十分といえようかなあ」

「ですが、待っているでしょうか。与助どんと、それにおカツさんはどのように。四ツ谷のおイネさんは、まだ気が晴れますまいに」

「おっと、箕之助。そこから先は白浜屋さんの奥向きのことだ。献残屋の領分を越えてはならんぞ」

仁兵衛は箸をとめ、箕之助を睨んだ。

「へえ」

箕之助も箸をとめ、頷くようにぴょこりと頭を下げた。

忠臣潰《つぶ》し

一

元禄十四年も水無月《みなづき》（六月）の末に入り、夏の盛りはさらにつづきそうだ。街道筋で田町八丁目の界隈も茶屋の裏手がすぐ江戸湾の海浜とはいえ、風が凪《な》いでいたのでは砂地に照りつける太陽がただ熱気を周辺に溜めるばかりである。

「きょうも、日陰に勝る馳走《ちそう》はないのう」

日向寅治郎《ひゅうがとらじろう》は相変わらず簀張《よしずば》りの腰掛茶屋の縁台に腰を落とし、舞《まい》の運んできた湯呑みを手に目を街道の往来に向けている。冷水はそのときの喉越しはいいが、すぐあとで疲れとともに汗がドッと吹き出る。やはり夏場でも熱い茶が体には一番いい。

「旦那、たまには昼寝でもなさっては。誰も文句など言いませんから」

街道に落とす影が目に見えて長くなりかけた時分である。舞が何杯目かの茶を淹《い》れ、一緒に街道へ視線を投げた。もうすっかりこの街道筋に寅治郎の存在は知られ、荒くれの馬子や駕籠《かご》舁《か》き人足でも茶屋の茶汲み女をからかったりする者はいなくなっている。

「いまごろおトシさん、どこでどうしてるかしら」

盆を持ったまま、舞は寅治郎の横に腰を下ろした。

「白浜屋はその後、どうなっておる」

寅治郎は視線を街道に向けたまま口を開いた。

「あのことがあって以来、おカツさんと与助さん、ほんとうの親子のようになったみたいって、町内じゃもっぱらの評判ですよ」

それは志江《しえ》も聞いており、大和屋で話題になったとき、

「それはよかった。小さいながら、うちのいいお得意さんになってくれるだろう」

箕之助《みのすけ》も安堵したものである。

「ほう。ならば、待つつもりか」

「と、一丁目の人たちは噂《うわさ》しているようです。でも、十年ですよ。いまとなっては、なんだかおトシさんが可哀想」

「なあに、十年。過ぎれば短いもんだ」

寅治郎が言うとなぜか重みがあり、それに真実味が感じられる。

「旦那」

「ん？」

寅治郎はなおも街道に目を向けたままである。

「旦那って、まさかなにかを找《さが》して十年……そんなことって」

舞が言いかけたときだった。

「姐《ねえ》さん、茶を一杯」

旅姿の二人づれが首筋を拭《ぬぐ》いながら縁台に腰を下ろした。この時刻、往来の旅姿は朝とは逆に品川宿方面から江戸府内へ入る者ばかりとなる。

「やっと江戸に戻ったなあ」

「あゝ。この分なら、明るいうちに神田《かんだ》へ入れそうだ」

ようやくといった風情で話している。いずれかのお店者《たなもの》であろう。舞が盆を運んでくると、さっそく湯呑みに音を立てはじめた。もうひと息というところで日陰に入り、元気づけに熱い茶で喉をうるおすなど、けっこう旅慣れているようだ。街道の腰掛茶屋にはこうした客が多い。

「おっ」

寅治郎は小さく呻《うめ》き、腰を上げた。

「旦那？」

緊張というほどではないが舞も小さな声を上げ、街道へ寅治郎の視線を追った。さっきの話のつづきで〝十年〟の找しものが、と思ったのだ。

「あっ」

寅治郎の歩みだした方向に舞はふたたび声を出した。日除けの笠で顔は見えないが、いかり肩に油断のない歩き方からひと目で、

（不破《ふわ》さま）

と、その人物が判《わか》る。赤穂《あこう》浪人の不破数右衛門《かずえもん》である。ときおりふらりとやってきては寅治郎の横に腰を下ろし、世間話などをしてまたふらりと帰っていくのだ。もちろん舞とは顔見知りになっているが、それぱかりではない。数右衛門が堀部安兵衛《ほりべやすべえ》や高田郡兵衛《たかだぐんべえ》ら在府の急進派と結んで吉良上野介《きらこうずけのすけ》の駕籠を襲おうとしたとき、呉服橋《ごふくばし》御門外に待ちうけ巧《たく》みに両者のあいだに割って入り、騒動を起こさせなかったのは日向寅治郎であり、手足となって右に左にと動いたのが箕之助や留吉、それに志江と舞だったのである。もちろん数右衛門はそれを看《み》て取っている。だが、寅治郎と数右衛門の厚情に亀裂《きれつ》が入ることはなかった。むしろその逆だった。数右衛門が浅野内匠頭《あさのたくみのかみ》の切腹以前からの浪人で、ともに播州なまりがあり、寅治郎とは旧《ふる》い付き合いがあって年齢も近いからなどといった単純な

理由によるものではない。

『分からねえ。日向の旦那と不破さまはいったいどんな仲なんですかい』

一緒に大和屋の卓袱台《ちゃぶだい》を囲んだとき、留吉は訊《き》いたことがある。

『ははは、分からんでよい。それが武士というものだ』

『そうですよ、留吉さん。お武家にはお武家のまじわりがあるんですから』

寅治郎の返答に志江はつないだものである。武家奉公の経験がある志江は解し得たが、留吉は依然首をかしげたままであった。

そのとき寅治郎は、

『所詮《しょせん》、武家とは馬鹿なものさ』

ポツリと言ったものである。

内匠頭切腹のあと、寅治郎と数右衛門がますます厚情を深めたことに、

『あのお二人、互いに感じ合うというか、そんなものがあるようだなあ』

箕之助は志江に言っていた。

「やあ」

数右衛門は最初から寅治郎のいる茶屋に向かっていたようすで、軽く手を上げた。品川

宿の方向から近づいてくる。いつものように浪人がふらりと町に出てきたようすで、旅装束ではない。

「どうした。街道のぶらぶら歩きとは、また優雅ではないか」

「なにが優雅なものか。この暑さではのう」

数右衛門は往還に立ちどまり、笠をとって額の汗を手拭《てぬぐい》でぬぐった。寅治郎とおなじ百日髷《にちまげ》である。

「まあ、休んでいけ」

寅治郎は縁台を手で示した。空の盆を手にしたまま、舞が心配そうに二人を見つめている。呉服橋御門での一件から、まだ二月《ふたつき》と経ていないのである。

数右衛門と目が合い、舞は盆を持ったまま一歩引いた。数右衛門は微笑《ほほえ》んだ。舞もぎこちない笑《え》みを返した。本来なら数右衛門が、吉良殺害を妨害された腹いせに寅治郎に斬りかかってもおかしくはない。ところが二人は笑顔で話している。

寅治郎は吉良をつけ狙う赤穂浪人たちの心情を解している。

(だからこそ)

暴走を防ごうとしている。箕之助はそれを解している。

数右衛門らはそれが暴走と分かっていても、血気に逸《はや》る己《おの》れの心情を抑えきれない。そこに寅治郎が立ちはだかっても、寅治郎への恨みは湧いてこない。数右衛門は心の奥底のどこかで、寅治郎に手を合わせているのかもしれない。数右衛門の仲間である堀部安兵衛や高田郡兵衛らも、妨害されながらも不破数右衛門の旧友である日向寅治郎に悪感情は持っていない。

そうした武家同士の心情が、やはり舞には兄の留吉同様に理解しがたいところである。

寅治郎が数右衛門と肩をならべて茶屋に戻ってくる。舞はさらに一歩退き、

「ありがとうございました」

縁台に座っていた旅姿二人が、浪人姿二人と入れ替わるように立ち上がった。舞は縁台の湯呑みをかたづけるため進み出た。

「精を出しとるのう」

「は、はい」

数右衛門が声をかけたのへ、舞は慌てるように湯呑みを盆に載せ奥へ下がった。

「どうしておった。その後、顔を見せなかったではないか」

「つい、こちらに来る用事もなかったものでなあ」

縁台に腰を下ろし、寅治郎と数右衛門のやりとりがはじまった。寅治郎の言う「その後」とは、呉服橋御門外での吉良襲撃未遂事件であることは舞にも分かる。数右衛門はい

くぶん口ごもった返答であった。寅治郎はやわらかく糺《ただ》すようにつづけた。

「用事がなかったとは、ならばきょうは用事があってのことか。なに用かの」

気になる。寅治郎が数右衛門や安兵衛らの〝軽挙〟を二度までも押さえこんだのは、志ある武士に堂々と本懐を遂げさせてやりたいからに他ならない。呉服橋御門外の件は二度目になり、一度目は数右衛門や安兵衛らが梶川与惣兵衛《かじかわよそべえ》を逆恨《さかうら》みし、これを愛宕下《あたごした》の増上寺裏手で襲撃しようとしたときだった。殿中で逆上した浅野内匠頭を抱きとめた梶川与惣兵衛を襲うなど、愚挙であるばかりか恥さらしともなりかねない。これには蓬莱屋の仁兵衛も赤羽橋の近くに暖簾を張る浅野家御用達《ごようたし》の口入れ屋播磨《はりま》屋忠太夫《やちゆうだゆう》も、刀を抜いた高田郡兵衛や小山田庄左衛門《しようざえもん》、毛利小平太《こへいた》らの前に丸腰で両手を広げたものである。播磨屋忠太夫はなおさら、赤穂浪人らに、

（本懐を遂げさせてやりたい）

強く念じているのだ。商人なればこそ仁兵衛と同様、ものごとを成し遂げるには、

（いっそうの用意周到が）

必要なことを心得ているのである。

「いや、なんでもないさ。それよりも喉が渇いた。茶を所望したいが」

数右衛門はいくぶん慌てたように言い、舞に声をかけた。

「だったらなに故《ゆえ》わざわざここに来た。おかしいではないか」

寅治郎の問いはさらにつづいた。数右衛門や安兵衛らの意気が、たとえ暴挙であろうと一度や二度の失敗で萎《しぼ》むものでないことを寅治郎は十分に知っている。だからいっそう気になるのである。

舞がお茶を運んできた。茶屋では寅治郎の知友から茶代を取ったりはしない。これまでもなんどか数右衛門は腰を下ろし、茶を馳走になっている。

「おまえも息災《そくさい》なようだのう。なによりだ」

舞に声をかける。話をはぐらかせようとしている感じだ。

「数右衛門！」

「分かっておる」

叱責するように言う寅治郎に、数右衛門は舞の盆から湯呑みを取りながら応じた。

「実はな、見なんだか」

「なにをだ」

「江戸に入る旅の僧だ。歳なら五、六十か、丸顔なれど目つきの鋭い僧侶だ。そうそう、播磨屋の忠太夫に似ておる。体軀《たいく》もそうさな、俺やおぬしのように肩が張っておる」

「なにをぬかす。旅の僧なら幾人も街道を通っておる。それに坊主はいずれも饅頭笠《まんじゆうがさ》で顔は見えんわい。おまえ、坊さんを找《さが》しておったのか。また奇妙な」

「あゝ、午《ひる》すぎからだ。泉岳寺の前の茶屋でな」

「ほう、泉岳寺のなあ。そこで尋ね人見当たらずで、やむなくここへ来たのか」

「見落としたかもしれんでのう」

「で、どんな坊主だ」

「だから五、六十で肩の張った」

「それはさっき聞いた。いかなるいわくだと訊いておるのだ。おまえがこんなところで坊主を待ち受けにゃならんとは」

泉岳寺と聞けば、

（こやつ、まだ性懲《しようこ》りもなく）

関連づけたくなるのは人情だ。

「い、いや。そういうわけではないが」

数右衛門は人間が正直に出来すぎている。慌てて答えたのが、すでに浅野家にいわくあることを白状している。

「臭《にお》うぞ。おまえ、また馬鹿なことを企《たくら》んでおるのではないか。こんどは何だ。僧侶を待っておるとは。いまごろ主君の葬式でもあるまいに」

「馬鹿とはなんだ！　われらはただ……主君の」

「よいよい。その、肩の張った五、六十の坊主を見張っていてやろう。で、通ればいかにすればよい」

「有難い。知らせてくれ……とは言えんのう。ともかく俺か安兵衛か、それとも他の誰かが毎日くるでのう。その者に知らせてくれ。通ったら通ったと、ただそれだけでよい」

「ほう、他の者とは高田郡兵衛や小山田庄左衛門らのことか。ふふ、あのときの顔ぶれじゃな」

二度も〝暴挙〟を防ぎとめたことで、寅治郎はそれらお仲間の顔をすっかり覚えてしまっている。安兵衛など、言葉をかわした者もいる。舞とて同様だ。

「そのお坊さま、きっとお通りになるのですか。お名前は」

「祐海《ゆうかい》――おっと、それはどうでもよい」

一度は奥に退いたものの言いながら出てきた舞に数右衛門はつい釣られたのか、

「相変わらずのようだのう。気の利く娘だ」

皮肉っぽく返し、

「おまえまで目を光らせてくれるとは心強い。ともかく頼んだぞ。この街道をきっと通るはずだ」

理由を訊かれるのを嫌ったか、湯呑みを縁台に置き、

「馳走になった」

言いながら腰を上げ、

「そういうことだ」

寅治郎と舞を一瞥《いちべつ》し、街道に歩を進めた。人の影がさきほどよりも長くなり、往来の動きがせわしなくなっている。日の入りが近くなってきたのだ。

「旦那」

「うむ。また何か企んでおるな。それにしても坊主とは、いったい」

心配げな目を向けた舞に寅治郎は返した。

二

街道に歩を踏みながら、

（くたびれてつい寄ってしまったが、やはりまずかったか）

数右衛門は心中思っていた。だが、それほどの後悔はない。

（心の底では味方だわい）

寅治郎に対し確信があるからだ。当然、周囲にいる箕之助たちに対しても、おなじ思いで見ている。

寅治郎と舞がそのような数右衛門の背を見送ってからすぐだった。

「舞ちゃん。そろそろ」

奥から茶屋のかみさんが出てきた。舞のいる茶屋は、土地の漁師上がりの老夫婦がやっている。一帯の腰掛茶屋はそうしたところが多い。

舞が奥に入って前掛をはずし、帰り支度で出てきた。

「ならば、俺も場所を変えるか」

寅治郎も立ち上がって伸びをした。腰掛茶屋が仕舞《しま》いはじめると寄合《よりあい》茶屋に場を移し、街道の人影がまばらになるのを見届けてから帰るのが寅治郎の日課である。

「旦那、あれを」

「ふむ、確かに」

家路の街道に出ようとした舞が足をとめ、ほとんど同時に寅治郎は頷きを返した。茶屋の前にさしかかった一人の僧……肩が、たくましく張っている。

「お坊さま、布施《ふせ》とお思いください。残り茶でございますが」

数右衛門が言ったとおり、舞は気が利く。とっさに旅姿の僧侶に声をかけていた。残り茶でなくとも、繁華な市街はともかく旅の僧侶に茶屋が茶をふるまうのは珍しいことではない。茶屋はかえってそれを功徳《くどく》として喜ぶのが、いずこでも街道の風情である。

「ふむ、有難い」

僧は足をとめ、丸く大きな饅頭笠《まんじゆうがさ》をとった。「あっ」と舞は声を出しそうになった。体軀はたくましくとも皺《しわ》を刻んだ顔は五十がらみで、しかも丸顔で目つきが鋭く、達磨《だるま》を感じさせる。なんとも元赤穂藩出入りの播磨屋忠太夫と似ている。寅治郎も愛宕下での襲撃の件があって以来、赤羽橋南手の松本町に暖簾を張る播磨屋忠太夫とは、蓬萊屋仁兵衛とともに昵懇《じつこん》の間柄となっている。

寅治郎は舞に目配せすると、さりげなく居場所を向かいの茶屋に変え縁台に腰を据えなおした。

（余計なことは訊くな）

舞に目で言ったのである。奥に入った舞と入れ替わるように婆さんがうやうやしく盆を捧げ持って出てきて、

「お坊さま、長旅のようでございますねえ。どちらから」

湯呑みを縁台においた。あるじの女房である。婆さんはてっきり舞が気を利かして功徳

をしたものと思っている。

「播州からじゃ。ようやく江戸に着き申した」

僧はさも旨《うま》そうに熱い茶を口にふくんだ。

「さようでございますか。それはそれはご苦労さまでございます」

奥で聞いている舞は、その僧が祐海という名であるかどうかを訊きたくてうずうずしている。

僧は喉を湿らすと満足そうな表情を老婆に返し、

「馳走になった」

手を合わせ、饅頭笠を手にするとふたたび茶屋に一礼し府内のほうへ歩み出した。老婆もありがたそうに手を合わせ、僧の背に深く一礼を返している。舞が飛び出てきた。向かいの茶屋から寅治郎はふたたび舞に目配せをし、

「きょうは俺もこれで上がらしてもらうぞ」

周囲の茶屋に声をかけた。

「ご苦労さまでございます」

「あしたはうちの縁台にも」

周囲から声が返ってくる。そこからも界隈での寅治郎の日ごろが垣間見《かいまみ》えようか。

陽が落ちたのは、丸く大きな饅頭笠に金剛杖《こんごうづえ》を持った僧の足が、田町《たまち》四丁目の札ノ辻にさしかかったころであった。なおも街道をまっすぐに進む。後を尾《つ》ける寅治郎は、それが数右衛門の張っていた〝祐海〟であることを確信している。

（だが、いったいなぜ）

分からない。数右衛門の口振りでは、張っていたことに堀部安兵衛らも関与している。ますます放ってはおけない。思わぬ事態が発生したのでは、これまでの二度の諫《いさ》めも泡となる。あとを尾《つ》けた。尾けながら、

（まさか似たような血の気の多いのが、国おもての赤穂から変装をして江戸へ）

そうは思えない。どう見ても前方を歩むのはにわか作りの雲水姿ではない。体の芯からの僧侶で、

（しかも骨のある……）

祐海という名であろうその僧は、ひたすら前に歩を進めている。金杉橋《かなすぎばし》を渡り、あの浜松町四丁目を過ぎ、なおも進む。あたりはようやく暗くなりかけている。

（どこまで）

行く先を見届けても、帰りの提燈が気になりはじめた。増上寺の門前を過ぎてからすぐ

であった。

（おっ）

僧の足が街道から枝道に入った。行く手に向かって左手、西側への往還である。街道筋の町家を過ぎると往還はいきなり広場のような広い通りに出る。しかも人通りがほとんどない。増上寺の北側と武家地を隔てる、火除け地の機能をも持った往還である。昼間でも一帯に人通りは少ない。だが、尾けていることを感づかれる心配はなさそうだ。あたりはすでに薄暗くなっているのだ。

目的地に近づいたのか僧の足が速くなった。往還は将軍家菩提寺の増上寺ほどではないが威厳のある山門に突き当たり、直角に右手の北へ折れている。場所は増上寺北側の裏手にあたる。その山門の耳門《くぐりもん》を僧はたたいた。中では待っていたのかすぐに開き、僧は吸いこまれるように消えた。

（まさか）

寅治郎は夕暮れの火除け地にたたずみ、心ノ臓を高鳴らせた。

おなじころである。さきほど志江が部屋に明かりを入れたばかりである。留吉も顔を見せている。

「日向の旦那、きっとここへ来なさるはずですよ」

と、舞が大和屋に声を入れると、

「相手が不破さまなら、やはり何かありそうだ」

箕之助は即座に、梶川与惣兵衛や吉良上野介襲撃を未遂に終わらせた事件を念頭に浮かべたのか、緊張の面持ちになって舞を部屋に上げ、そこへ留吉もそろったのだ。

浅野内匠頭切腹のおり、

『この蓬萊屋が浅野家に出入りしていたなら、儂《わし》から江戸在府のご家老衆に、吉良さまへの心の通じ方をいささかなりともご伝授申し上げられたかもしれぬのになあ』

仁兵衛は言ったものだった。作法指南の高家《こうけ》とは、吉良家にかかわらず石高以上に体面を飾りたがることを、奥向きに詳しい献残屋なら十分に心得ている。刃傷《にんじょう》には吉良家と浅野家の贈答をめぐる確執が背景にあったなどと、すぐ巷間《こうかん》でささやかれはじめたとあっては、箕之助とて無関心ではいられなかった。そこへ日向寅治郎と不破数右衛門との厚情がつなぎとなり、箕之助たちまでその後のながれに関わり合うことになってしまったのである。

「それにしても浅野のご家来衆よ。ケチな襲撃などしねえで、ひと思いに呉服橋御門内の吉良邸にぶち込みゃあいいものを。あゝ、じれってえ」

「留さん。浅野のご浪人衆はそれができないから……」

「だったらあのときだって、とめるほうじゃなくって、加勢するほうにまわればよかったんじゃねえか」

「留吉さん、声が大きいですよ」

「そうよ、兄さん」

箕之助や志江からだけでなく妹にまでたしなめられ、留吉はまだなにか言いたそうな顔をつくっている。

「そにしても日向さま、どこまで行きなさったのか」

箕之助は櫺子窓《れんじまど》のほうに視線を投げた。

「うーむ」

薄闇に覆われたなかへ、寅治郎は低い唸《うな》りを入れた。旅の僧を吸いこんだ山門は、青《せい》松寺《しょうじ》だったのだ。

『おぬしも武士なら、われらの心情が分からんのか!』

梶川与惣兵衛襲撃を阻止したとき、堀部安兵衛に怒鳴られたものである。

『だからだ!』

寅治郎は返した。そのあとだったが、

『浅野家の菩提寺は青松寺でのう』

寅治郎は不破数右衛門から聞かされたことがある。

内匠頭が愛宕下《あたごした》の田村邸で切腹した夜、堀部安兵衛、田中貞四郎《さだしろう》、高田郡兵衛、片岡源五右衛門《かたおかげんごえもん》、磯貝十郎左衛門《いそがいじゅうろうざえもん》ら数名の藩士は首と胴の離れた遺骸を、おなじ愛宕下の青松寺に運ぼうとした。ところが青松寺は幕府に気を遣ってか咎人《とがにん》の弔《とむら》いはできないと山門を開かなかった。一同は憤慨し、やむなく東海道を南に向かい、高輪《たかなわ》を経てすでに府外である泉岳寺に運んだのだった。府外なればこそ、泉岳寺では幕府への遠慮の念も薄かったのかもしれない。山門を開いた。泉岳寺はもともと江戸城内にあたる外桜田《そとさくらだ》にあった寺である。三代将軍家光《いえみつ》のときに焼失して府外の高輪に移転を命じられ、そのとき泉岳寺とおなじ曹洞宗《そうとうしゅう》門徒として合力《ごうりき》したのが浅野家であった。浅野家と泉岳寺はそうした縁があった。

『薄情だ！』

『無慈悲だ！』

赤穂藩士らに浅野家菩提寺であるはずの青松寺を怨む念は燃え上がった。それが市井《しせい》にも伝播し、

『へん。愛宕下に行って青松寺に犬の死骸でも抛《ほう》りこんでやろうかい』

留吉まで憤慨したものである。野良犬を蹴っただけで遠島《えんとう》になるような、五代将軍綱吉の〝生類憐みの令〟の時代である。犬の死骸など抛りこまれたら災難だ。実際にそうした動きはあった。寺は密かに処理していたのであろう。

(これはいかん！　いかんぞ。稚戯《ちぎ》にも劣る)

同時に、
薄闇を払いのけるように、寅治郎の胸にはこみ上げてきた。

(それにしても)

思えてくる。いかに憤怒が昂《こう》じようとも、青松寺の僧を襲って憂《う》さを晴らそうなど志《こころざし》ある浪士が考えるだろうか……。

(ほかになにか理由が)

寅治郎の足は動いた。青松寺山門の前を離れ、街道には戻らず増上寺裏手への道に入った。蓬莱屋の仁兵衛なら寺社の内幕にも通じていよう。それよりも、播磨屋の忠太夫である。浅野家奉公人の再就職はむろん、突然浪人となった藩士たちの浪宅《ろうたく》探しにも奔走し、それはまだつづいている。浅野家のその後の動きにも詳しいはずである。それに、

——似ている

『私は三代目でしてな。初代は播州から出てきて、屋号もそこから採《と》りましたのじゃ』

かつて寅治郎が播磨屋に泊まりこんだとき、忠太夫は言っていた。

おもての街道ならまだ人通りもあろうが、増上寺裏手の往還は樹々が鬱蒼《うっそう》とし、月の末なら空にかかる月も細く、歩を進めるそこにかろうじて道のあるのが足裏の感触から分かる程度である。

ようやく古川のせせらぎが聞こえてきた。蓬萊屋は当然おもての大戸《おおど》を下ろしている。潜り戸をたたいた。応答は手代の嘉吉《かきち》であった。互いに声で相手が分かる。

「火急の用にて、あるじの仁兵衛どのに播磨屋へお越し願いたい」

声だけを入れ、赤羽橋を南へ渡った。仁兵衛は寅治郎が来たことを告げられ、しかも至急播磨屋へというのでは、

（赤穂のお方に異変が！）

察しがつく。すぐに嘉吉をともない、寅治郎を追った。

忠太夫は起きていた。仁兵衛が播磨屋の勝手口に訪《おとな》いを入れたのは、寅治郎が奥の部屋に通され忠太夫と向かい合ってからすぐであった。前後するように播磨屋の丁稚が提燈を持ち芝三丁目に走った。舞の話から箕之助は気を揉みながら寅治郎の帰りを待っているときであった。

仁兵衛を迎えた忠太夫は、深刻な面持ちで座していた。

「火急の用とはそれがしの判断にて、かくも夜分に相済まぬことでござる」

寅治郎は前置きのように言う。二人は当然、そこに不破数右衛門の名が出ることを予測している。

「なあに、以前にも乗った船でございますよ」

仁兵衛が言ったのは、早く話せとの催促である。

「なれば」

話が進みはじめ、しばらくしてからであった。

「すりゃあ、まっことでございますか!」

忠太夫が堪《こら》えていたように声を上げた。行灯《あんどん》の炎が大きく揺れた。数右衛門につづいて祐海の名まで出たとあっては、

「間違いない。わたしの兄でござりまする」

しかもその雲水姿の向かった先が青松寺とあっては、忠太夫は祐海に似た達磨顔にいっそう目を見開き、

「江戸おもてでの浅野家菩提寺が愛宕下の青松寺なれば、赤穂の国もとでの菩提寺は遠林《おんりん》

寺《じ》と申し、祐海はそこの住持《じゅうじ》でありまする。若いころに青松寺で修行し、ここにもよく出入りしておりました」

あとは忠太夫の話す番となった。寅治郎はこのことを予測し、提燈もないまま増上寺裏手の夜道を急いだのである。

「うーん」

仁兵衛も驚いたように絶句の態《てい》となる。

忠太夫はつづけた。

「驚きです。なにも聞いておりませなんだ。国家老の大石さまが手前にも内密で祐海を江戸に遣《つか》わされたとなると……しかもそれを不破さまや安兵衛さまたちが……」

「その祐海というのは、国おもての大石どのとやらに信頼されておるのか」

「そりゃあもう」

不意に入れた寅治郎の問いに忠太夫は応じ、

「考えられることは一つしかありませぬ」

忠太夫が上体を前にせり出したときだった。廊下に足音が響き、

「日向さまがこちらにとか」

声とともに障子が開いた。箕之助だった。

「早かったな」

「へへ、あっしも忘れてもらっちゃ困りますぜ」

箕之助の背後で仁兵衛の言葉に応じたのは留吉だった。大和屋から無理やりついてきたのだ。

「かえってようございます。前のようなこともあり、波紋はどこまで広がるか分かりませんから」

忠太夫が言ったのへ、

「そうこなくっちゃ」

留吉はわが意を得たようにドンと腰を落とし、申しわけなさそうに箕之助もそれにつづき、二人そろって手拭で額の汗をぬぐった。両名は呼びに来た丁稚を逆に急《せ》かしながら走ってきたのだ。

「ついでと言っちゃなんですが、嘉吉さんもこちらへ」

「ふむ」

忠太夫に仁兵衛が応じると別間に控えていた嘉吉も呼ばれ、部屋は六人になった。

（人手が必要な、容易ならざる事態）

仁兵衛は解し、あらためて奥まった小さな目を忠太夫に向けた。

「考えられることは」

　忠太夫はふたたび話しはじめる。

国許《くにもと》の大石内蔵助《くらのすけ》が浅野家のお家存続を幕閣に働きかけていることは、

「堀部さまら江戸の方々の耳にも入っております」

　安兵衛らはそこに、

——大石どのに仇討ちの意志はござらぬのか
　不信感を抱き、

「いっそう、焦りの念を募らせる素《もと》となっております。こたびの件も、幕閣や綱吉将軍が帰依《きえ》しておいでの護国寺などへの働きかけのため、大石さまが密かに祐海を江戸へ遣《つか》わしたのでございましょう」

「それの拠点に青松寺を、か」

「はい。そのことを安兵衛さまや不破さまらが察知され」

　途中から話に入った者もながれを解し、

「不破さまが街道で張ってたってわけですかい」

　留吉が声を入れた。

「それしか考えられません。そのことを日向さまに察知されるとは、不破さまらしゅうございます。人に嘘をつけぬお方ですから」

忠太夫の弁に寅治郎は苦笑した。

「なるほど、その祐海さんとやらを江戸へ入れちゃならねえと。へん、お家存続なんぞ仇討ちのじゃまにしかならねえ。なにがなんでも仇討ちと、見上げたもんじゃござんせんか」

また留吉が口をはさんだのへ箕之助は、

「なるほど。不破さまは張っていることを日向さまにも、それに舞ちゃんにまで悟られたけど、それ以上は秘匿《ひとく》された。ということは、留さんの言うとおり、なにがなんでも仇討ちを思っているお方たちなら、お家存続の動きを潰《つぶ》すには祐海和尚さまを」

「やっぱり江戸に入れちゃならねえだろうよ」

思わず留吉と箕之助の会話になった。

「留さん。それだけならいいのだけど、梶川さままで襲い、少人数で吉良さまさえ討ち取ろうとされたお方たちだ。仇討ち組の結束をはかるためにも……」

「えっ！　そんなら坊さんの祐海さんを！　いけねえ、そりゃいけねえぜ。筋が通らねえや。かえって仇討ちの汚点にならあ。それに坊主殺しゃ七生なんとかって」

留吉も道理は解している。

「弊害はそればかりではありません」

箕之助と留吉の会話に忠太夫が入った。明らかに箕之助の推測を肯是《こうぜ》している言いようである。

「浅野家臣団のなかに、埋めがたい亀裂を走らせ、仇討ちそのものが宙に浮くことにさえなりかねませぬ」

「うーむ。菩提寺の住持といっても、それが国もとじゃ江戸詰めの堀部や高田らには馴染みは薄く、邪魔者の一人にしか見えんじゃろのう」

「そのとおりでございます」

寅治郎がゆっくりと言ったのへ忠太夫が相槌《あいづち》を打ち、部屋の空気をいっそう重いものにした。留吉がまた言った。

「そんならよ、俺たちが祐海和尚とやらを護《まも》れば、赤穂のお侍衆の結束に役立つってことかい。青松寺まで護ってやるのは癪《しゃく》だけどよ」

「そのとおりだよ、留さん」

仁兵衛に後押しされ、さらに留吉は、

「こうなりゃあ青松寺なんかどうだっていいや。ともかくよ、おんなじゃねえか。この前《めえ》の立ち回りとよお」

「はい。さいわい、日向さまのお話では、不破さまがたは祐海が青松寺に入ったことにまだお気づきではない。その分、策は立てやすうございます」

忠太夫は言うと寅治郎に深々と達磨顔の頭を下げた。

「はは、これも数右衛門の正直が教えてくれたこと」

寅治郎はまた苦笑いの表情をつくり、座は向後《こうご》になすべきことへの話に移った。

寅治郎には心苦しいが、不破数右衛門をできるだけ街道に引きつけて祐海の身の安全を図り、江戸組の中から安兵衛や片岡源五右衛門らに待ったをかける者が出るのを期待する算段を立てた。それまで、数右衛門ら急進派をできるだけ長くたぶらかすのである。

「江戸組で祐海の顔を慥《しか》と知っているのは、浪人される四年前まで赤穂にいらっしゃった不破さま以外にはおられますまい。堀部弥兵衛さまらご老体は別として」

忠太夫は言う。話は、安兵衛に悟られぬよう東両国薬研堀《やげんぼり》の浪宅で一緒に暮らしている義父の堀部弥兵衛へつなぎを取る算段に進んだ。そこに派手な立回り場面のなさそうなことに、留吉はいささか不満顔のようであった。

播磨屋の裏庭に提燈が二つ三つとならんだ。留吉はまだ不満顔である。立回りだけではない。急進派の動きは、赤穂の名誉を思えば江戸市井《しせい》の野次馬の目からも覆い隠さねばな

らないのだ。当然、自分たちの行動も隠密でなければならない。だからかえって、

（難渋《なんじゅう》するぞ）

ほとんど聞き役であった仁兵衛は、内心に感じ取っていた。丁稚が提燈を照らす播磨屋の裏庭に、

「おもしろいものだなあ、箕之助」

「はあ？」

「この話ばかりは、たまたま踏み入った奥向きが、とてつもなく大きいわい」

「そのようで」

「済まぬのう。そこに仁兵衛どのまで巻きこんで」

仁兵衛と箕之助の会話に寅治郎が入った。

「なにをおっしゃいます。義に赴《おもむ》くは、お武家だけではありませぬぞ」

「ほう、一本取られたのう」

低い笑いが裏庭にながれ、半纏姿の留吉が胸を張っていた。

「こちらでございます」

播磨屋の丁稚がそっと勝手口の板戸を開けた。あるじの忠太夫も往還に出てきた。仁兵衛は手代の嘉吉が照らす明かりを供に赤羽橋に向かい、寅治郎は留吉と箕之助の提燈には

さまれるように街道のほうへ歩を進めた。それぞれの提燈が角を曲がり、播磨屋の勝手口は丁稚の持つ明かり一つとなった。

「旦那さまっ」

丁稚は思わず息を呑んだ。あるじの忠太夫がその場に座し、三つの提燈の明かりが消えた闇に向かって両手をつき、額を地面にこすりつけていたのである。

三

昨夜、大和屋で志江と舞が三人の帰りを待っていたことは言うまでもない。舞は街道で重要な役割を担うのだ。けさも塒《ねぐら》の長屋で留吉は皮肉まじりに、

「へん、おまえはいいよ。街道でやるべきことをあてがわれたんだからよ。俺なんざ普請場で大工仲間から巷《ちまた》の噂を集めるだけだってんだからなあ」

言ったものである。

「兄さんは性格が不破さまと似ているから、大事な仕事は任せられないの」

舞はやり返していた。

ふてくされたように留吉は道具箱を肩に、始まったばかりの金杉橋近くの普請場に出か

けた。大振りの家を一軒新築するのだから、かなりの長丁場になりそうだ。数日目のことである。その普請場に着いて留吉は飛び上がった。棟梁からまた個別の普請を任されたのだ。愛宕下の辻番小屋だった。それも増上寺の方丈《ほうじょう》と背中合わせに立ち、火除け地を兼ねた広い通りに面した小屋で、目の前が青松寺の山門なのだ。

「修理普請だがのう、丁寧にやってこい。辻番小屋の仕事は武家屋敷の仕事にもつながるからなあ。さっそくきょうからだ」

「へえ。もちろん」

留吉は勇み立った。白浜屋のときとは違い、棟梁の家に住みこんでいる丁稚のような下《した》職《じょく》を二人つけてくれた。年少の者にじっくりと大工の手本を見せることもできる。

「おう、おめえら。ついて来やがれ」

入れた気合は自分自身に対するものでもあった。

「張り切ってるじゃねえか、留公」

同僚が柱組みの上から冷やかした。留吉が張り切っている真の理由を知らない。

辻番とは町家の自身番と異なり、武家屋敷が数軒集まって賄《まかな》っている番小屋であり、番人も近辺の屋敷から中間や足軽が出ており、管掌《かんしよう》も自身番が町奉行所であるのに対し江戸城の目付《めつけ》であった。もちろん新築や修理の監督には近くの武家屋敷の用人が出てくる。

棟梁が「武家屋敷の仕事にもつながる」と言ったのはこのことである。監督は青松寺と向かい合わせに屋敷を構える旗本屋敷の用人であった。

なるほど番小屋はかなり傷み、修繕普請が必要な状態であった。とくに畳部屋の奥の板張りに板壁の部屋は、

「すべて張替えやしょう」

留吉は用人に言ったものである。板の下拵《したごしら》えはすべて外でやる。その間、青松寺の山門をずっと見張ることができる。時間をかけたいわけだからそれだけ仕事も丁寧になり、下職にいい見本を見せることもできる。留吉は内心わくわくしながら仕事にかかった。

まだ朝のうちである。

蓬萊屋の仁兵衛と播磨屋の忠太夫が、それぞれ手代や丁稚をお供に出かけたのもその時分であった。足の進む方向はおなじで、いずれも増上寺裏の往還を愛宕下に向かう。昨夜の打ち合わせどおりだが、訪《おとな》う先は違っている。仁兵衛は青松寺に出入りがある同業を訪ね、忠太夫は直接青松寺の山門をくぐる算段なのだ。その山門の前に、留吉は陣取ったことになる。

さっそくだった。

「おっ、来なすった」

辻番小屋の前で運びこまれたばかりの木材を、下職二人を指図しながら仕分けていたときである。

「おめえたちは休まずつづけてろ」

留吉は手をとめ、

「旦那」

山門のほうに駈けだした。播磨屋の忠太夫が青松寺の山門を入りかけたのだ。

お供はきのうの丁稚だった。

「あれ？　留吉さんだ」

「おや。これは、どうしなさった」

忠太夫も足をとめ、留吉に対応する。いくぶん怪訝《けげん》そうな顔をしているのは、この出会いが昨夜の打ち合わせにはなかったからだ。

走り寄った留吉は辻番小屋を指さし、事情を嬉しそうに説明する。留吉にすれば噂集めのような脇役ではなく、直接赤穂浪人の動きに関する役目をつかんだのである。番小屋からは聞こえないが、留吉が大店のあるじ風と対等に話し、あるじも笑顔で頷いているのが見える。あるじ風は「お頼みしますよ」といったようすで留吉に軽く会釈をした。

六

留吉が辻番小屋の前に戻ってくると、下職二人が留吉を畏敬のこもった目で見つめ、尺棒の番人たちまで、

「おまえさん、あんな大店のあるじみたいなのと知り合いなのかい」

などと言う。

「へへ。職人はなあ、腕さえよけりゃ誰とだって差《さ》しで話ができらあ」

普段は屋敷で朝から晩まで使嗾《しそう》されている辻番人たちに胸を張り、

「さあ、おめえたち。大工は木の選別が第一歩だ」

下職二人を指図し、ふたたび仕事に入った。

青松寺の方丈では、

「そなた、儂《わし》の出てきたことがよく分かったのう」

不意に顔を見せた忠太夫に祐海は驚いていた。なるほど寺男も思わず二人の顔を見くらべたほど、達磨顔のよく似た兄弟である。

赤穂の混乱から開城へ、さらに散ってゆく藩士ら、あるいは江戸屋敷の騒動や巷間《こうかん》にながれている噂など、二人のあいだには積もる話はある。ひとしきりそれらを互いに話し合ったあと、

「忠太夫、なにゆえ分かったぞ。どこから洩れたのかのう」

祐海は深刻そうな顔を弟に向けた。自分の江戸下向《げこう》の件である。

「洩れたかなどではありませんぞ、兄者」

忠太夫は返し、

「血の気の多いのが兄者の命を。ほれ、あの不破さまなどが」

「ほう、数右衛門どのか。なるほど血の気の多い」

二人の会話はさらにつづいた。そこからが、忠太夫にはきょうの本題なのである。

午《ひる》を過ぎたころだった。街道では午前なら旅姿は江戸を出るのがほとんどだが、午後になると府内へとながれが変わる。

「あら、やっぱり」

舞が声を上げた。田町八丁目の茶屋である。

「ほう。やはり祐海の顔を知っているのは、数右衛門だけと見えるな」

寅治郎が応じた。百日髷を深編み笠で覆った姿は、紛れもなく不破数右衛門である。近づいてくる。きょうは泉岳寺の茶屋まで足を伸ばさず、最初から田町八丁目の茶屋に立ち寄るようだ。

「どうした。きょうは堀部か高田あたりじゃないのか」

「おう」

数右衛門は笠をとった。

「やつらも浪人のくせして、まだ毎日月代《さかやき》を剃って禄を食《は》んでるような形《なり》をしてくさる。あれじゃ街道のブラブラ歩きもできんわい」

言いながら腰を下ろした。祐海和尚の顔を知っているのは俺だけだからなどとは言わない。だが、

「で、どうだった。肩の張った頑強そうな旅の僧は通ったか」

訊いてくる。

「気をつけておるがなあ、通らなんだぞ」

「あたしも気をつけてるんですけど」

きのうとは違い、舞も進んで縁台の横で迎え口裏《くちうら》を合わせた。

「そうか。それはありがたい」

数右衛門は腰を下ろすとさっそく視線を街道のほうに投げた。舞のいる茶屋に陣取ったものの、あまり話はしたくないようだ。舞も話しかけたりはしなかった。話していて、言葉の端から祐海がすでに青松寺に入ったことを感づかれてはならない。寅治郎もときおり

腰を据える茶屋を変え、数右衛門には好きなようにさせた。夏は一日が長い。数右衛門は二度か三度、泉岳寺のほうまで足を伸ばした。また茶屋に戻ってきては、

「おぬしの苦労が分かるわい。一日中座って街道を見張っているっていうのも、けっこう疲れるもんだのう」

などと言う。

「お互いにな」

寅治郎は苦笑まじりに返していた。

陽がかたむきはじめている。街道を府内に向かう旅の足は、いずれも急ぎはじめたようだ。当然ながら数右衛門に獲物はない。

「旦那、ちょっと気の毒な気がしますが」

舞は小声で寅治郎に言った。

「なあに、このくらいのことはしないと、本懐は遂げられんわい」

寅治郎は返した。自分のことを言っているのか数右衛門のことなのか、舞はまた首をかしげた。

街道に急ぐ影はいっそう長くなり、そろそろ数右衛門も腰を上げる時分である。

四

その日、なにごともなく陽は落ちた。

だが次の日、午《ひる》を過ぎても数右衛門は街道に現れなかった。陽はしだいにかたむいていく。

「うーむ」

寅治郎は唸《うな》った。

舞まで、

「お坊さんがもう江戸に入られたこと、感づいたのかしら」

寅治郎もさっきからそれを案じていたのだ。

だとしたら、

「兄さん、ちゃんと見張ってるかしら」

心配はそのほうにいく。

留吉は見張っていた。板に鉋《かんな》をかけている。

「ほっ」

手をとめ、

(堀部安兵衛!)

とっさに思った。折り目の入った袴《はかま》に大小をきちりと差しているのは、歴《れき》とした武士の姿である。顔は編み笠で見えないが、体つきや歩き方は留吉にも見覚えがある。それに、威圧感を感じるあの雰囲気だ。……もう一人、

(たしか、あれは)

片岡源五右衛門だが、名が出てこない。呉服橋御門外のときにその姿は慥《しか》と見ている。

二人は留吉に気づいていない。近くの辻番小屋の修理など、目もくれないようすである。

街道からの広い往還をゆっくりと門前の旗本屋敷まで歩を進め、二人は山門を見上げてはなにごとかをささやき合い、通りすぎて屋敷の陰に見えなくなり、ふたたび出てきてはまた山門を振り返る。

その動作を二人は肩をならべ三、四度つづけた。

(みょうなことをしやがる)

鉋をかけながら、神経を視線の先にそそいでいる。

「おっと」

手許が狂った。下職たちが番小屋の中で傷んだ板壁を剝がしていたのはさいわいだっ

た。板を削りなおした。顔を上げると、二人の姿はもう視界になかった。

「どうやら、きょうは来そうにないな」

寅治郎は視線を街道へながしたまま呟いた。おなじように舞も街道へ視線を投げ、

「あら、あれは」

「ん？　いまごろ……」

言いかけた寅治郎は言葉をとめた。找していた相手を見つけたように寅治郎と舞のいる茶屋へ小走りに近づいてくるのは、播磨屋の丁稚だった。おとといの夜、大和屋に箕之助を呼びにきた顔だったから舞も覚えている。

寅治郎が声をかけるよりも早く、舞にもぴょこりと頭を下げ、

「日向さま。きょうこれから播磨屋へお越し願いたいと、うちの旦那が」

「ほう。なにか動きがあったか」

「さあ」

丁稚はなにも聞かされていないようだ。だが、

「あたい、いいえ、わたし。きょう午すぎに薬研堀《やげんぼり》の堀部さまへ遣《つか》いに行き、手紙を届けたのです」

立ったまま話しだす。

「向こうでは決してまちがわないようにご隠居へ渡せと」

「うむ。忠太夫どのにそう言われたか」

高田の馬場の仇討ちで名を上げた浪人の安兵衛を、浅野家家臣の堀部弥兵衛が見込んで一人娘のサチの婿養子に迎え家督を譲った話は、巷間《こうかん》にも広く知られている。つまり〝ご隠居〟とは、堀部弥兵衛のことである。

寅治郎は返しながら、得心するものがあった。大事な遣いに丁稚を出したのは、忠太夫の配慮だったのだ。番頭かあるいはあるじが直接赴《おもむ》いたりすれば、安兵衛がなにごとかと注目するであろう。たまたまこのとき片岡源五右衛門と愛宕下に出かけ不在だったわけだが、帰宅して奥方のサチから聞かされても、それが丁稚なら気にもかけまい。

「で、どうだった」

「はい。ご隠居さまからすぐ行くとの返事をもらい、帰って来るなりまたこちらの日向さままで言付けを伝えよと言われ」

「うむ、分かった。あるじどのに、すぐ行くと伝えてくれ」

「はい。すぐ行くと、さように」

しっかりした丁稚だ。明瞭に復唱し、きびすを返そうとした。

「あら、走ってきたんでしょ。お茶なりと」

舞の声に振り返り、嬉しそうに喉を湿らせると、

「それでは」

走り去った。

おなじ時刻である。大和屋には蓬萊屋の嘉吉が走っていた。

「どうした。なにか動きがあったか」

箕之助は帳場格子から身を乗り出した。

「はい。きょう東両国の薬研堀から堀部弥兵衛さまが播磨屋さんへお越しになるとかで。旦那さまはこれからお出かけになります。箕之助さんも、と」

「ふむ。で、留さんは？」

箕之助はもう帳場格子から出ている。留吉が青松寺山門前の辻番小屋の修理普請に入ったことは、きのうの夕方直接本人から聞いたことである。それに留吉は、

『さすが大店の播磨屋さんだ』

と、満足気に言っていた。山門前で留吉に声をかけられた忠太夫は、帰りには増上寺の方丈に、それも脇の潜り門から訪《おとな》いを入れ、下男の一人におひねりを包んで留吉の遣い走

り役を頼んでいたのだ。思わぬ小遣いに下男は喜んでいた。動きがあった場合の緊急連絡役である。

「きょう午前、その下男の人が留吉さんに頼まれて播磨屋さんに走ったそうです。留吉さんも仕事を早めに終えしだい直接播磨屋さんへ向かうそうです。ではわたしも、旦那さまのお供をしなければなりませんので」

志江がお茶を店の板間に運んできたときには、嘉吉はもう敷居を外へ飛び越えていた。その背に、箕之助は目を細めた。ついこの前まで前掛もまだ板につかない丁稚であったのが、いまではもうすっかり語り口調や動作まで、商家の手代にふさわしい自然なものになっている。箕之助はふと己《おの》れの来し方を、その背に思ったものである。

「なにやら大きなものが動きはじめたようですね」

行き場を失った盆を手にしたまま、志江が背後から声をかけた。相手は殺気だった赤穂の浪人たちである。志江にしてみれば、呉服橋御門外のときには舞と一緒にひと役担ったものの、それがあるからかえって心配になり、

(白浜屋さんのときにも、白刃《しらは》の危険はあったようだけど。それ以上に今回は……)

つい思わずにはいられない。

五

まだ陽のあるうちであった。播磨屋の奥では夕の膳がすでに準備されていた。

「へへへ。これだからたまらねえ」

最初に座を占めたのは、愛宕下から直接向かった留吉であった。膳には酒の用意もしてある。

「いえいえ、手酌《てじゃく》でいきやすから」

女中にまで上機嫌な顔を見せている。

さっきから忠太夫は目を閉じ端座したままである。

廊下のほうが不意にあわただしくなった。忠太夫は立ち上がった。堀部弥兵衛が到着したのだ。留吉は杯をおき居住まいを正した。

老武士である堀部弥兵衛は迎えに出た忠太夫を従えるように部屋へ入ると、先客の職人姿に一礼した。座につくと忠太夫とおなじように威儀を正し、黙考のなかに入った。留吉はどぎまぎし、居場所を失ったように徳利へも手を伸ばしかねている。

弥兵衛はきょうの文《ふみ》を受けるまでもなく、この日を待っていた。婿養子の安兵衛らによるこれまでの〝愚挙〟の顚末は、蓬萊屋仁兵衛や日向寅治郎の名とともに播磨屋忠太夫から聞かされている。

（会って礼を言わねば）

思いながらきょうの日を迎えてしまったのだ。

留吉には長く感じられただろうが、廊下につぎつぎと足音が立ったのは、弥兵衛が端座してからさほどの時間を経ていない。仁兵衛に箕之助、それに寅治郎の顔が部屋にそろった。夏の陽がようやく落ちたばかりである。

忠太夫にうながされ、

「申しわけござらぬ」

開口一番、今年七十五歳になる老武士は、引き合わされたばかりの一同に深々と頭を下げ、

「心情は、分かるのでござる……痛いほどに。なればこそ、それがしが手綱《たづな》を引き締めねばならぬところ……」

「堀部さま。それよりもいま出来《しゅったい》していることについて述べられるが喫緊《きっきん》でございましょう。祐海の江戸下向はいかなることか、それから伺《うかが》いませぬことには」

弥兵衛の言葉が長くなりそうなのを忠太夫がとめ、話を本題に引き入れた。

「さよう。われらはもう踏み入ってしまっておりますでのう。したが、こたびは数右衛門らの存念がよう見えもうさんので、動きをつかみかねておりもうす」

と、寅治郎も催促する。

「さればでござる」

弥兵衛は端座の足を崩した。

「おっと、そうこなくっちゃ」

待っていたように留吉は膝を進め、胡坐《あぐら》に組みかえた一同に酒を注いでまわった。部屋に女中は入れていない。自分の座に戻るとさっそく、

「さっきのつづきでえ」

杯を口に運んだ。一同の手も動く。その雰囲気に弥兵衛もひと口湿らせ、

「実は、国おもての大石どのより連絡があり、祐海どのが下向されることは知りもうしておった。もちろん一つ屋根の下のこととて、安兵衛の耳にも入りましてのう。それがかような仕儀《しぎ》に至ろうとは」

「ならば、やはり安兵衛さまや不破さまらはやはり祐海の命を！」

「さよう」

堀部弥兵衛は忠太夫の言葉に申しわけなさそうに頷いた。予想どおりであった。

「冗談じゃねえぜ」

言いかけた留吉の袖《そで》を箕之助が引いた。

忠太夫がすぐに言葉をつないだ。

「それにしても、分かりませぬ。きのうわたしは青松寺に赴き、祐海に不破さまが街道で見張っていたことを話しましたが」

するとと祐海は、

『望むところ。できるだけ目立つように動くのが、こたびの儂《わし》の役目でのう』

言ったというのである。

「そのとおりでござる」

堀部弥兵衛はつづけた。

「お家存続に家中《かちゅう》の者が専念していることを、幕閣にも吉良どのにも見せつけるためでござる」

「待たれよ」

声を入れたのは寅治郎だった。

「国もとの大石どのとやらは、幕府が一度断絶と決めたものを覆《くつがえ》せるなどと本気で思うておいでなのか」

「さようでございますよ」

仁兵衛がつないだ。

堀部弥兵衛は、留吉も含めそれぞれに真剣な眼差しを向けている。ここに集まる一同が親身になってものごとを考えていることが、ひしひしと感じられるのである。だからこそ、すべてを話そうとしているのであった。

仁兵衛も言った。

「青松寺に出入りしているわたくしの同業に探りを入れてもらったところ、きょう返事があったのですが、あの寺では進物の用意している節《ふし》はまったくないとのこと。献残屋なれば、そのくらいのことは容易に探り出せまする。失礼ながら金子をお包みなされるにしても、目に見える品の用意がまったくないとは……本気とは思えませぬが」

忌憚《きたん》のない意見であり、同時に真をついたものでもある。

「さすがは」

堀部弥兵衛は感心したように言い、

「そこもとの推察のとおりでござる。祐海どのが播磨屋に申されたごとく、動きをおもてに示すがこたびの目的なれば」

「うっ」

寅治郎が低い声を上げた。祐海は弟の忠太夫にもその先は打ち明けていないようだ。だが寅治郎は解した。

留吉までが、

「そ、そんなら、裏ではぶち込みの準備を！」

頭を鋭敏にめぐらせた。

「言うまいぞ」

寅治郎はいつになく武家言葉で留吉を叱責し、

「足なみが揃うておらぬようでござるのう」

堀部弥兵衛に向かい、小さく洩らした。

「さよう、難しゅうござる。幕閣や吉良どのに目くらましをしながら一つになるのは。したが、こたびは安兵衛らがこともあろうに祐海どのまで」

堀部弥兵衛は嘆息するように、大きく息を吸いこんだ。

「そのことでございます、弥兵衛さま」

忠太夫が言葉を入れ、

「さ、留吉さん。きょう午前のことを皆さんに」

話は眼前のことへと入った。

「留さん、青松寺でなにか」

箕之助が驚いたように留吉に目をやり、寅治郎もその視線を追った。

「そのことでさあ」

留吉は待っていましたとばかりに口の中のものを酒と一緒に喉へ流しこみ、

「一人は堀部安兵衛さまに間違いありやせん。それにもうお一人、お名は存じ上げやせんが、愛宕下のときも呉服橋でも見かけたお人で」

身を乗り出し、その者の年格好から山門前でのようすをつぶさに話した。

「うーむ。それはきっと、殿の側用人《そばようにん》であった片岡源五右衛門に相違あるまい。あやつも一緒に動いていたとなると……」

「それで合点がいきもうした」

堀部弥兵衛がいるせいか、寅治郎は普段使わぬ武家言葉のまま、

「きょう一日、街道に数右衛門が」

現れなかったことを話し、

「やはりあの者らは祐海どのが青松寺に入ったことをなんらかの手段《てだて》で知り、それに留吉の話では、出てきたところか、それとも外から帰ってきたところを山門で襲う算段をしておったに相違あるまい。山門前なればこそ、もっとも隙のできる時であるからのう」

寅治郎の言葉に一同は顔を見合わせた。青松寺の周辺は武家地であり、その気にさえなれば梶川与惣兵衛を狙ったときのように昼間でも人目を避け得る場所はある。

「するってえと、あのあとお二方《ふたかた》はそんな場所をさがしにあの近辺を……冗談じゃありやせんぜ。こんど来たら、仕事おっぽりだしてでもあとを尾けてやりますさあ」

留吉が憤懣の声をその場に入れた。部屋の中はいつしか暗くなりかけていた。

「あっ、これは気がつきませぬで」

忠太夫は慌てたように手を打ち、家の者に灯りを持ってこさせ、

「さ、箸が動いておりません。向後の策を練るにもまず腹ごしらえでありましょう」

みずから箸を取った。まばらであった箸の動きが盛んになった。

「まったく罰当たりな。七生祟《たた》りやすぜ、坊さんを狙うなんざ」

留吉がまた吐くように言い、ふたたび一同に酒を注いでまわった。

堀部弥兵衛だけの箸が動いていない。杯を思い切ったようにグイと呑み干し、

「参りもうした。ご一同には」

首をたたき、

「日向どのにはお分かりいただけると思うが、武士とは一度動き出さば理をもって制するは困難でござる。とめるには、その者どもの策をへし折るほかにござらん」

言葉に力を入れ、

「あとは理よりも時の過ぎるをもって、煮えたぎったものが収まるのを待つ以外に……」

「でござろう」

寅治郎は応じ、仁兵衛も無言で頷きを示した。

「さればでございます」

忠太夫が話しはじめた。

「兄が、つまり祐海が申しますには、あすは音羽《おとわ》の護国寺を訪《おとな》うとか。くれぐれも遅くなって夜道を歩かれることなどないようにと申しておきましたのですが」

「それは重畳《ちょうじょう》」

堀部弥兵衛は言いかけ、

「と言いたいが……昼間とて、危のうござる。あす一日じゃ。安兵衛もその一人というてよいが、不破数右衛門に高田郡兵衛、片岡源五右衛門と、腕の立つのがそろうておるでのう」

「ご案じ召されるな」

堀部弥兵衛の心配げな声を、寅治郎の明快な口調が受けた。

「野原での果し合いなら数右衛門一人でも手こずるが、町中《まちなか》でなら護るほうが断然有利。

多勢に無勢でも最初の間合いさえはずせば勝ちにござる」

「そこ、それです」

頷いたのは箕之助だった。これまでの二件がそうだったのだ。

「日向さま！」

忠太夫が思わず寅治郎のほうへ両手をついた。

「忠太夫どのには儂とて心苦しい。日向どのには儂からも礼を申す」

堀部弥兵衛は寅治郎に向かって片手を畳につき、

「ご一同にも」

姿勢をそのままに、皺《しわ》を刻《きざ》んだ顔であらためて一同を見まわした。それぞれの箸はまたとまっている。

「め、滅相も」

と、留吉などは歴とした老武士に手をつかれ恐縮してしまっている。

「堀部どの。さきほど、あす一日ともうされたが、いかなる意味でござろうか」

「ふむ」

寅治郎の問いに堀部弥兵衛は畳から手を上げた。

「答えは日向どのご自身がさきほど申されたではござらぬか。最初の一太刀さえかわせば……と。あとは儂が薬研堀でこんこんと言い聞かせましょうて。理に応じずとも企《くわだ》てが明らかとなったことが分かれば、やつらとて攻守の難易は心得ておる。動けなくなったことを悟りもうそう」

堀部弥兵衛の嗄れた声に生気がよみがえった。

その夜、堀部弥兵衛は引きとめられ播磨屋に泊まった。

芝三丁目に向かう白壁の往還に提燈が揺れている。

「旦那、あっしにはどうも分かりやせん」

「何がだ」

歩を進めながら留吉は声をながした。

「ガキじゃあるまいし、おっとこれは失礼。日向の旦那は違いまさあ」

「何が言いたい」

「へえ。不破さまがた、高ぶっていなさるんでがしょ?」

「そうだ」

「ですが、殿さんの切腹からもう三月《みつき》ですぜ。駄々っ子じゃあるまいし、高ぶった気持ちがそんなにつづくもんですかねえ」

「それがお侍というもんだよ」

　箕之助が応じ、

「さよう」

　寅治郎は頷いた。

「へーえ、そんなもんですかねえ。赤穂のお侍に、冷めた人はいないんでしょうかねえ」

「ふふふ」

　寅治郎は含み笑いを返し、

「いるさ、大勢。だが、そんな者《の》はもうどこかへ消え入ってしまっているだろうよ」

「ならば不破さまはなんなんですかい。わざわざ出てきて一緒に高ぶりなさっている」

「あいつは、それだけ馬鹿ってことさ」

「馬鹿？」

　留吉は返し、

「旦那。あっしはそんなほうが好きですぜ。おもしろいじゃありやせんか。でも分からねえ、なんで一文の得にもならねえことに」

「留さん、おんなじじゃないかね」

　箕之助がポツリと返したのへ留吉は、

「あっ」

小さな声を上げた。提燈が揺れ、往還に落とす影が左右に動いた。

「あっしらだって」

三つの影は、もう街道沿いの町家にさしかかっていた。

六

大和屋の店先で、

「日向さまの策のとおり、ほんとうに間合いをはずすだけにしてくださいよ」

志江が念を押すように箕之助を見送ったのは、いつものように舞が田町八丁目の茶屋に向かう、夜明けごろであった。昨夜もまた、箕之助と寅治郎、留吉の三人が播磨屋から戻ってくるのを、志江と舞は待った。

まだ薄暗いなかに、

「あたしの役目って、日向の旦那がきょう休まれるってみんなに告げるだけ?」

こんどは舞が箕之助を見送りながらつまらなそうに言ったものである。

「それで十分じゃないの」

志江は叱るように返した。

その舞が、

「きょう日向の旦那ねえ、なんの用事か知らないけど」

と、茶屋のあるじや近辺の茶汲み仲間に言ったのは、ちょうど陽が昇った時分だった。街道には朝日を背に、もうちらほらと旅姿が出ている。すでに見送り人が腰を下ろしている茶屋もあった。

その朝日を、寅治郎は青松寺の境内で箕之助とともに浴びていた。蓬萊屋の嘉吉も来ている。留吉もすでに山門前の辻番小屋に入り、おもてに出て仕事の段取りをつけながら、周辺に安兵衛や数右衛門らが出張《でば》ってきていないか目を光らせていた。

太陽はまだ昇ったばかりなのに、一帯から朝の清々しさは早くも消え、昼間の蒸し暑さがとって代わろうとしている。

饅頭笠に金剛杖の僧形が山門から出てきた。祐海である。うしろを振り返り、饅頭笠の前をすこし上げ、頷きを示した。五間（およそ九米）ほど間をおき、深編み笠の浪人がつづく。寅治郎である。さらに五間ほどうしろに箕之助と嘉吉がならんで山門を出てきた。正真正銘のお店者《たなもの》姿である。

昨夜、播磨屋の奥の部屋でそれぞれの箸が動きはじめてから、

『ともかく護るんでござんしょう。だったら日向の旦那と箕さんが祐海和尚の両脇をかため、一緒に歩きなされぱいいじゃございやせんか』

留吉は杯をかたむけながら言ったものである。

『留、おまえは兵法を知らんのう』

寅治郎は言い、堀部弥兵衛は頷いていた。

その態勢では安兵衛や数右衛門のような手練《てだれ》が五、六人も同時に襲ってきたなら護り切れるものではない。しかも騒ぎになり、祐海どころか箕之助まで命を落とすことになりかねない。それに、目的は祐海を護ることだけではない。静かな未遂に終わらせ、赤穂浪人が赤穂の僧侶を襲おうとしたなど世上の噂に上らないようにしなければならないのだ。相手はなにしろ留吉に言わせれば、〝ガキのよう〟になお逆上の収まらない武士たちなのだ。そのためにも、打ち込みの間合いをはずす以外に作戦はないのである。だからいかようにもその場に応じた動きがとれるよう五間おきの間合いをとることになったのだ。

実は祐海のさらに五間ほど前方を、この数日来、箕之助らと顔見知りになった播磨屋の丁稚が歩いている。播磨屋に出入りしていた赤穂藩士でも、手代や番頭なら顔も知っていようが、丁稚の顔までは気にもとめていない。だが丁稚のほうでは一度会った藩士の顔も名も憶と覚えている。それが店の訓育でもあるのだ。丁稚が藩士を見つければ、さりげなくうしろに下がって寅治郎に知らせる手筈になっている。かりに藩士らのほうが丁稚に気づき、警戒してさらに背後の寅治郎や箕之助らも見つけ、その配置から相手の作戦を悟って襲撃を思いとどまってくれたなら、それもまた上策の範囲内である。

五間おきの奇妙な一行は、青松寺から北へ進んでいる。まだ武家地で白壁に囲まれた往還に人通りはほとんどない。丁稚の足は急な上り坂にさしかかった。両脇に大名屋敷の白壁がつづく二丁（およそ二百米）ほどの潮見坂《しおみざか》だ。安兵衛や数右衛門らが増上寺に向かう梶川与惣兵衛を襲おうとした坂道である。風呂敷包みをかかえた中間《ちゆうげん》とすれ違った。他に人影はない。寅治郎の心ノ臓は高鳴った。

（最初に襲うならこの場所）

山門を出たときから、そう思い定めていたのだ。それは箕之助もおなじだった。

先頭の丁稚が坂を上りきった。寅治郎も箕之助たちも、最初の安堵を覚えた。坂の上は江戸城外濠《そとぼり》の溜池《ためいけ》であり、往還は外濠に沿い片側が大名屋敷や高禄の旗本屋敷で人通りは少ないものの、見通しが利くうえ辻番小屋が視界の範囲に点在している。襲うにはあまりにも歩が悪い。

すっかり昇った太陽が濠にも往還にも照りつけている。五間おきの一行は外濠の往還を黙々と北へ進む。

（数右衛門を、単なる跳ね上がり武士にさせてはならぬ……大望あるなら）

一歩一歩に寅治郎の胸中にこみ上げてくる。その思いは同時に、安兵衛や高田郡兵衛ら数右衛門の仲間らも対象とするものへ広がっている。

歩は進む。お濠沿いの往還でも四ツ谷御門に近づくと人の息吹が感じられる。御門の前に町家が形成されているのだ。その四ツ谷御門から張り出した石垣にさしかかったときである。片側は町家で武家奉公の者や町家の男女が往来しておれば町駕籠や大八車も通る。播磨屋の丁稚が歩を進めながら不意に両腕を高く上げ伸びをした。次には左手を大きくまわした。

――いました

合図である。左手を二度まわしたから左側の町家に二人……名まで伝えることはできない。陰に身を潜めているのだろう。寅治郎からその姿を確認することはできない。緊張は覚えない。寅治郎は祐海との距離を縮めることはなかった。兵法を心得ている者なら、御門の前で襲うようなことはあり得ないからだ。かりに飛び出して襲ったとしても、御門の番所かあるいは点在する辻番小屋から六尺棒が駈け出て捕り物が始まることになる。それら六尺棒に刀を振り上げたなら体制への反逆となり、さらに赤穂の浪人と分かれば江戸市中でたちまち浅野家浪人への取締りが厳しくなり、そのほかの志ある者の動きまでが封じられることになろう。

むしろ寅治郎は祐海との距離を広げた。相手を確認するためである。

成功だった。祐海が御門の石垣前を通り過ぎた。町家の一角から深編み笠の武士が二人出てきた。祐海の二間ほどうしろにピタリとついた。

(ほう、片岡源五右衛門か)

もう一人、若々しい編み笠のうしろ姿には呉服橋御門外のときに見覚えがある。片岡源五右衛門とおなじ元側用人の磯貝十郎左衛門《いそがいじゅうろうざえもん》である。その名まで寅治郎は知らないが、

(出おったな)

胸中に呟き、後方に合図を送った。もちろん箕之助にも、

(こんなお濠の往来で襲ったりはしないだろう)

その読みはある。だが相手は高ぶったままの赤穂浪人なのだ。軽く手で合図を返し嘉吉をうながして寅治郎との間隔をつめた。

四ツ谷御門を過ぎると、お濠沿いの往還は右手の東へと弓状に曲がりはじめる。町家はすぐに途切れ、ふたたび片側は武家屋敷となる。つぎに町家が見えるのは門外に市ヶ谷八幡宮《いちがやはちまんぐう》を擁した市ヶ谷御門である。城門外そのものが八幡宮の門前町を形成し、お濠に沿った往還にしては珍しく広場のようになって両脇に簀張り《よしずば》の茶屋がならび、昼間から紅い襷《たすき》

をかけた茶汲み女が競うように呼びこみの声を張り上げている。舞のいる田町の街道を華やかにした雰囲気である。人混みというほどではないが、人に駕籠、大八車、物売りなどが往還を行き交っている。播磨屋の丁稚がときおり振り返る。祐海がいずれかの茶屋でひと休みしないかと気にしているのだ。田町の街道筋とおなじで、身近な雲水姿の僧ならお布施のつもりで声をかける茶屋もある。

だが祐海はわき目もふらずひたすら歩を進めている。

(ふむ)

寅治郎は頷き、歩を速めた。箕之助と嘉吉もそれに倣《なら》う。それぞれの間隔が縮まった。

(襲うなら、ここか!)

箕之助にもそれは分かる。不意打ちを浴びせ八幡宮のほうに走り去れば、門前の裏通りは複雑に折れ曲がり、騒ぎを尻目に逃げ切ることは可能だ。嘉吉と頷き合い、ともに心ノ臓を高鳴らせた。

だが、八幡宮門前の往来人のなかを進みながら、寅治郎には余裕があった。

(気づいておらんわい)

片岡源五右衛門と磯貝十郎左衛門である。足や肩の動きからも、相応の手練《てだれ》であることは分かる。だが両名とも殿の側用人であった習性か、前面の祐海の背にしか神経をそそいでいない。背後に自分たちを尾行する目のあることにまったく気づいているようすがないのだ。

(気が高ぶっているせいもあろうが)

あれなら両名が走り出そうとした刹那《せつな》、背後から叱責《しっせき》の声を投げれば、

(たちまち躰《み》の均衡を崩す)

寅治郎は読み取っている。そのときすでに、片岡も磯貝も間合いをはずされたことになるのだ。

先頭の丁稚の足は最後の茶屋の前を通り、まだ立ちならぶいくらかの町家も過ぎ、ふたたび片側に白壁がつづく往還へと進んだ。

片岡と磯貝の肩や腰から力んだものの抜けたのを、寅治郎はその歩みから感じ取った。当人たちにとり予定していた策が歩みとともに消え去った……そのようなフワリとした感触を受け取ったのだ。

同時に、

(ん？)

感じられた。歩みが町家を過ぎ、往還から人の息遣いがなくなったときである。振り返ろうとしたが……よした。感じたのは、誰かに見られている……そのような感触だった

のだ。箕之助や嘉吉ではない。

（敵意がこもっている）

その視線が、深編み笠をとおして肩に刺さるのである。だが、さすがに外濠沿いの往還である。点々と辻番小屋がある。しかし歩いていても、その視線が肩から消えない。

（近くに、仲間がいるな）

寅治郎は悟った。

つぎに人いきれを感じるのは牛込《うしごめ》御門である。日傘を差した町娘が下駄の音とともに片岡と磯貝の背後を横切り、寅治郎の目から一瞬二人の背がさえぎられた。すぐに戻った。ただそれだけである。町駕籠のかけ声が土ぼこりとともに寅治郎の横をすり抜け、片岡たちや祐海も追い越していった。

牛込御門を過ぎたあたりに、西から神田川がお濠に流れこみ、濠は川の流れを受けて東へと大きく向きを変える。

祐海の足はお濠沿いをはずれ神田川のほうに入った。一円は武家地で、往還も川面もすでに中天に入った夏の太陽の輝きばかりを受けとめている。ここまでくればさすがに片岡と磯貝は背後に浪人者のついてきていることに気づき、ときおりうしろを振り返る。片岡は背後を来る編み笠の浪人姿が、いつぞやの日向寅治郎と感づいているかもしれない。最後尾の箕之助と嘉吉は額の汗をぬぐいながら歩を進めている。一行はこれまで点在した辻番小屋から一歩一歩と離れているのである。それを知ってか知らずか、祐海は依然として乱れのない足を神田川に沿って運んでいる。

お濠より十丁（およそ一粁《キロ》）も川に沿った往還をさかのぼれば、さすがに屋敷はまばらになって畑地が広がり、水の流れる音と草いきれがいくぶんの涼を誘う。そのせいではないが江戸の市街から離れる川沿いの往還にしては人通りがある。丁稚や女中をしたがえた商家の旦那や新造も歩いておれば駕籠も走っている。その状態が、お濠沿いの道を曲がったときからずっとつづいている。

さらに六、七丁も進んだろうか。前方に橋が見える。江戸川橋である。神田川に江戸川橋とは奇妙だが、土地の者が日本橋の繁盛に対抗し、前方の橋のあたりから江戸城の外濠までを江戸川と呼び、橋もそれに合わせて江戸川橋となったのだ。ここが新興の地であることを示していよう。その江戸川橋のたもとから、まだ一行の視界のうちではないが、不意に広場のような広い往還が北へ十丁（およそ一粁）ほど伸びている。音羽の門前大通りである。突き当たりに、寺領千五百石を賜《たまわ》る護国寺の仁王門がそそり立つ。途中、四ツ谷御門か市ヶ谷御門から江戸川橋への近道をたどることはできた。だが辻番小屋の点在するお濠沿いに大きく迂回したのは、いわば幕府の権威を逆手にとって襲撃を防ごうとするためであり、昨夜播磨屋で立てた策なのだ。だから先頭の丁稚がなんら道を誤ることなく歩を進めることができたのである。

視界の中に江戸川橋がしだいに近づいてくる。片岡源五右衛門と磯貝十郎左衛門がなにやらささやき合ったようだ。若いほう、磯貝十郎左衛門がチラと振り返り寅治郎との距離を確認したようだ。

「あっ」

寅治郎は小さく声を上げた。振り返った若い武士に対してではない。射るような視線を感じなくなっていたのだ。それがどこで消えたか覚えがない。迂闊《うかつ》であった。

橋を通る下駄の音が聞こえるほどとなった。そこで襲えば、逃げ場は四方にある。一人が寅治郎の突進を防ぎ、一人が祐海に向かって斬りつける。声を浴びせるだけで間合いをはずさせるのは、相手が寅治郎の存在に気づいていない場合にのみ成り立つ策なのだ。仲間がすでに先まわりし、橋のいずれかに身を隠しているのかもしれない。

片岡と磯貝は祐海との距離を縮める。

同時に、

（いかん）

二人の肩から殺気が感じられた。余裕はない。寅治郎は速足になり、なかば走った。そ

の寅治郎の変化に若い武士が、

「あああっ」

声を上げた。磯貝十郎左衛門である。

寅治郎は二人の武士を追い越した。とっさに片岡と磯貝が腰を落とし刀の柄に手をかけたのが、うしろの箕之助たちからも看て取れた。

「行こう」

嘉吉をうながし走った。

「やあやあ、これはいつぞやの」

走り寄って二人の武士に声をかける。片岡と磯貝は驚いたように振り返った。やはり両名は寅治郎の背後にまだ尾行の者がいることには気づいていなかったようである。

走った寅治郎は、

「御免」

祐海の横にピタリとつき、ふところに手を入れ鉄扇の柄を握った。

「うむ」

祐海は頷いただけでなおも歩みを変えない。足は橋のたもとに入った。播磨屋の丁稚はすでに護国寺への広い通りを珍しそうにきょろきょろしながら進んでいる。忠太夫のお供で寺社参りは何度かしているが、護国寺は初めてである。

後方では箕之助が片岡源五右衛門と磯貝十郎左衛門に、

「これはみょうなところでお会いいたしました。いつぞや、愛宕下や呉服橋御門でお見かけしたお侍さまでは」

まとわりつく。嘉吉はついてきたものの、さすがにかたわらで緊張の態である。

「知らん、知らんぞ。人違いじゃ」

意表を突かれ片岡が深編み笠の前を押さえたまま追い払おうとする。

「ううううっ」

若い磯貝は戸惑いつつ前方に目をやった。

寅治郎は悠然と祐海につきそい護国寺への大通りに入った。その往還に曲がる刹那、橋のもう一方のたもとに安兵衛と数右衛門の姿をチラと見た。歴《れき》とした武士と浪人姿の二人である。笠で顔が見えずとも瞬時にそれと分かる。

難は去った。寺はまだ十丁先というのに、周囲に参詣人の姿がある。寅治郎が祐海の横についたのでは、斬りこんでも一撃、二撃を鉄扇でかわされることを安兵衛も数右衛門も心得ている。人里離れた杣道《そまみち》ではない。たちまち人だかりができ、打ちこんだ側は這《ほ》う這《ほ》うの態で逃げざるを得ないだろう。寅治郎は祐海と肩をならべたままひと息入れた。

七

「礼を申しまする」

祐海は初めて口を開き、饅頭笠をかぶった頭を深々と下げた。

さらに、

「一刻（およそ二時間）もすれば出てきますでのう」

仁王門の前である。

すこし離れて立っていた播磨屋の丁稚がさりげなく歩み寄ってきた。

『あくまでも他人を装《よそお》うように』

昨夜、忠太夫から言われている。だが、寅治郎が仁王門の前で山門に入る祐海を見送ったのを見たのでは、事態の変化したことを感じざるを得ない。

寅治郎は、

（散れ）

手で合図をし、

「他人だぞ」

低声《こごえ》を丁稚の耳にながした。戦いはまだつづいている。終始祐海の前を歩んでいた丁稚の存在に、襲う側が気づいた節《ふし》はない。だとすれば、護る側にとっていま丁稚はこの上なく貴重な存在となっているのだ。丁稚は解した表情を示し、歩み去った。やはり忠太夫がよこしただけのことはある。

仁王門の前にたたずみ、寅治郎は深編み笠の前を上げ、太陽の位置を確かめるように天を仰いだ。とっくに太陽は中天を過ぎている。仁王門に祐海を見送るなり、極度の空腹と喉の渇きを覚えた。目を転じると、往来人のなかへ紛れるように箕之助と嘉吉が立ち寅治郎のほうに視線をながしている。やはり本能であろうか、大振りな茶屋の前である。寅治郎はにやりとし、深編み笠の前を上げたまま茶屋のほうを顎でしゃくった。播磨屋の丁稚を除き、護る側の術策はもう〝敵〟に知られているのだ。いまさら寅治郎と箕之助の組が知らぬ通行人同士を装ってもはじまらない。

山門前の大通りは、江戸川橋に近いあたりではまだ畑地が目立ったが、仁王門に近づくにつれ飲食をはじめ仏具、ローソク、石材などの店が立ちならび、裏通りに入れば炭屋に米屋と門前町が広がりつつある。左右に阿形像《あぎょうぞう》と吽形像《うんぎょうぞう》を配置した仁王門をはじめ、大師堂に薬師堂など、参道に折り重なる石畳に石段、築山《つきやま》等々と、将軍家の帰依を受ける大寺院としての概容が出来上がったのは天和《てんな》二年（一六八二）で、いま寅治郎らが茶屋の暖簾をくぐった元禄十四年（一七〇一）までまだ二十年も経ていない。これから一帯はさらに商店や民家が立ちならぶことになろう。通りを一回歩いただけで、箕之助らは三カ所も普請中の前を通っている。

（これが芝や高輪なら、留さん大張切りだろうなあ）

思ったものである。

だが、いま庶民を苦しめている〝生類憐みの令〟がこの寺の住持隆光《りゅうこう》の進言によるものと知れば「なんだと！」と、たちまち犬ばかりかあらゆる生類の死骸が寺域に投げこまれ、果ては火付けまで出るかもしれない。だが、江戸城の奥向きはそうおもてにながれるものではない。

寅治郎ら三人は仁王門の見える二階に座を占めた。播磨屋の丁稚も、仁王門が見えるいずれかの茶屋に入ったことであろう。旦那のお供をしてきた丁稚が小遣いをもらい、よろこんで外で待っている光景は珍しいものではない。

二階は板張りの大部屋で、客の人数によって衝立《ついたて》で間仕切りをする機能的で庶民的な造作であった。参詣客が気軽に上がれるようにしたのだろう。他にも客がチラホラと入っている。

「祐海和尚があの仁王門をくぐるのも、効果はあろうかのう」

まず出来合いの串団子《くしだんご》を頼み、最初に出されたお茶で喉を湿らせ、寅治郎は低い声を洩らした。

「それにしてもさっきのこと、まったく留さんの言うとおりで」

「稚戯《ちぎ》……ですか。だけど……」

箕之助が言ったのへ嘉吉がつなごうとした。団子が運ばれてきた。早朝に青松寺を立ってより一物も腹に入れないまま歩きづめだったのだ。口は動いても会話は途絶えた。

大盛りだったが皿はたちまち空になり、

「帰りも長丁場だ。蕎麦《そば》でも腹に入れておくか」

寅治郎が言い、

「姐《ねえ》さん」

嘉吉が腰を上げ階下に声を落としたときだった。

「あっ」

声を上げ、慌てて席に戻ってきた。

「き、来ました！」

「なにが？」

「あっち、あっちに」

寅治郎の問いに返し、中腰のまま階段のほうを指さす。

「これはっ」

箕之助も声を出した。階段を上がってきたのは女中ではなく、武士が二人。それも一人は浪人姿である。

「ほおう、ここに入るのも見ておったか」

寅治郎は胡坐《あぐら》を組んだまま、悠然と放った。脇においた刀にも鉄扇にも触れようとしない。板間を三人の席に近づいてきたのは不破数右衛門と堀部安兵衛である。

「見ておらいでか」

数右衛門は憮然と寅治郎の背後の衝立を押しのけ、となりの席に座を占めた。安兵衛も三人を睨みつけ、腰を下ろした。ともに腰の刀をはずし、右手に置いたのはここで争う意志のないことを示していようが、二人とも腹の虫が収まらぬといった表情を見せ、緊張をその場につくりだしている。

「貴様っ」

「おう」

数右衛門が吐き、寅治郎は膝ごと二人のほうへ向きを変えた。

「お呼びでしょうか」

女中が二人分の茶を持って上がってきた。

「蕎麦切りを、えーと……五人前」

箕之助が数右衛門と安兵衛のほうにチラと視線をながし、一度切った言葉をつないだ。

「うん、それがよい。おぬしら、蕎麦で足りるか」

「もう喰ったわっ。貴様ら！　二度までも」

怒り心頭のあまりか、数右衛門は短い言葉のなかに来し方の手の内を明かしてしまったようだ。

「ふむ」

寅治郎は返した。一度目は市ヶ谷御門前であろう。寅治郎が不穏な視線を感じたとき、やはり狙っていたようだ。だが数右衛門らは祐海のうしろに寅治郎が従い、そのあとをまた箕之助らの歩んでいるのに気づいた。兵法を心得た者なら、その配置から当然寅治郎らの策は読み取れる。

「襲うのを躊躇《ちゆうちよ》したか」

「躊躇ではござらん。慎重を期したまでだ」

言ったのは安兵衛だった。憮然とした口調である。座したまま、寅治郎と安兵衛の視線が目に見えぬ一本の線となった。だが瞬時だった。安兵衛は目をそらせた。

「ほう。それで江戸川橋に場を変えられたか」

「…………」

安兵衛は視線をはずしたままである。

「おぬしらの策、見事だったのう。息がぴたりと合《お》うておったわ」

数右衛門が間を埋めた。呻《うめ》くような声だった。目が鋭かった。その目を、寅治郎から箕之助と嘉吉の二人に切り替えた。

(見させてもらった)

語っている。

「あ、あのお方たちは」

嘉吉が渇いた声を吐いた。緊張に覆われている。

江戸川橋のたもとで、

『まとわりつくは許さぬぞ』

片岡源五右衛門は吐き、憤懣をこめその場を離れたのだった。磯貝十郎左衛門も箕之助と嘉吉を睨みつけていた。

『殺気を感じるとは、あのことなんですね』

護国寺への広い往還に入ってから、嘉吉は震える声で箕之助に言ったものである。もし片岡か磯貝のいずれかが分別を失っていたなら、実際その場で刃《やいば》を浴びせられていたかもしれなかったのだ。

「あの者らは、俺やこの安兵衛のように世間ずれしておらんからのう」

数右衛門が言ったのへ、

「さよう。一途《いちず》な者らゆえ、二度も抑えはきかんぞ」

「そ、そんなら、つぎに会えば！」

「ふふ」

安兵衛は不敵な嗤《わら》いを見せた。

嘉吉は身を震わせ、首をすぼめた。これまで遣い走りは何度もしてきたが、こうした場面に立つのは初めてなのだ。しかも相手は刀を持った武士であり、いま人の命を狙っている最中なのだ。

階段に足音がし、

「お待たせしました」

女中が蕎麦切りを運んできた。五人分を手際よく、板に足をつけただけの座卓に置く。話が途切れ、女中が去ると、

「ともかく、おぬしらの気の利いた働きを褒《ほ》めてやりに来ただけだ」

「さよう」

数右衛門は言うと右手で刀をつかみ、安兵衛もそれにつづいた。

「あ、あ、あ、お待ちを」

「おまえ、蓬莱屋か播磨屋の手代あたりかの」

嘉吉が引きとめようとしたのへ数右衛門は返した。数右衛門らに、嘉吉はまだ馴染みはない。

数右衛門と安兵衛はもう階段に向かっていた。

「日向さまっ、とめないんですか！」

嘉吉は寅治郎に向かって言った。

寅治郎は嘉吉に返答する代わりに、

「数右《かずえ》っ、騒ぎにならんでよかったのうっ」

階段を降りかけた不破数右衛門に大きな声をかぶせた。他の客たちが驚いたように寅治郎らの席と階段に視線を投げる。

「ううっ」

数右衛門は唸り、親友であるはずの寅治郎をひと睨みし、階下に見えなくなった。寅治郎の忠告を、数右衛門は感じ取ったようである。だが、睨み返した鋭い目は、寅治郎の思いをはね返すもののように思えた。

「日向さまっ！　どうして引きとめ、非を諭《さと》して差し上げないのですっ」

嘉吉は寅治郎に視線を返し、喰いつくように言った。

「無駄だ」

「でも、せっかく向こうから来られたというのにっ」

短く応えた寅治郎に、嘉吉はなおも喰い下がろうとする。

「嘉吉」

箕之助があとを受けた。

「いまあのお方たちは高ぶっていなさる。そういうときにいくら説得しても無駄だ、と日向さまはおっしゃってるのだよ」

「さよう」

寅治郎は頷いた。

「そんなら、いつ説得できるんです。ずーっと高ぶったままじゃないのですか」

留吉とおなじようなことを言う。

「時さ、時しかないさ。あのお方たちを諭すことができるのは」

「そういうことだ。それよりも蕎麦だ、蕎麦」

また応じた箕之助に寅治郎はつなぎ、隣の座卓に置かれた蕎麦を引き寄せた。

それを見て嘉吉は、

「余りましたねえ。太助《たすけ》どんに持っていってやりとうございます」

播磨屋の丁稚の名である。

「はは、あやつも気が利くわい。忠太夫どのが十分な小遣いを持たせていようて」

「いまごろ餅《もち》に汁粉《しるこ》に串団子など、お代わりしているかもしれませんよ」

「だといいんですが」

嘉吉はやはり食べ足りなかったのか、安心したように箸を動かしはじめた。周囲でその席に注目する者はもういない。
二、三度蕎麦をすすってから箕之助は、
「日向さま、不破さまと堀部さまがわざわざここへお顔を見せなさったこと。どう読まれますか」

不意に蕎麦をすする音だけのなかに声を入れた。

「それよ。俺もさっきから考えておった」

寅治郎も箸をとめた。嘉吉は箸をまだ動かしている。

「つまり、そこがやつらの純なところよ。俺たちに負けを認めず、お互い手の内が分かったところで、わざわざ第三幕があることを告げに来たのだろう。かわいい御仁らさ」

「そういえば、不破さまの階段を降りなさるときのあの目つき……」

「そうだった。嘉吉が次にはと言ったとき安兵衛め、不敵な嗤いを返しておったろう。そのとき気づいたのだ。奴らが鏑矢《かぶらや》を放ってきたってことをな」

「えっ、わたしがなにか？」

蓬莱屋の手代といっても嘉吉はまだ二十歳《はたち》前である。すっかり蕎麦の世界に入ってしまっている。二人分余分に取ったのがちょうどよかったのかもしれない。

八

三人は二階部屋から仁王門を見つめている。祐海が護国寺に入ってからそろそろ一刻を経ようかという時分である。二、三度、丁稚の太助が下を通ったのが見えた。嘉吉が下に降り、さりげなく太助に自分たちの居場所を目で知らせた。安兵衛らの目がどこで光っているか分からないのである。太助はかすかに頷き、嘉吉とさりげなくすれ違った。やはり気が利く。自分の役どころを心得ているようだ。

「日向さま！」

嘉吉が低声《こごえ》を発した。箕之助も無言で頷いた。祐海和尚が出てきたのだ。

「ほう」

箕之助は声を上げた。太助がどこからか現れ、そしらぬ振りをして祐海の五間ほど先を歩みはじめたのである。

「ふむ」

寅治郎も満足そうに頷き、

「行くぞ」

立った。

蕎麦を平らげてから、それまで三人はなおも二階部屋で額を寄せ合ったものだった。三幕目を〝敵〟がどう見せるのか予測がつかない。

『愛宕下に帰り着いたころには、もう暗くなっているでしょう。ともかく三人で和尚のまわりを固めるしか……』

箕之助は言った。

『できるか』

寅治郎は嘉吉に視線を向けた。覚悟の有無《うむ》を質《ただ》したのだ。

『は、はい』

『よし、決まった。それ以外に方途はあるまい』

嘉吉が緊張の面持ちで返し、寅治郎は断を下したのである。

そのときがいま来たのだ。往還に落とす往来人の影がかなり長くなっている。この分ではやはり愛宕下に帰り着く時分には暗くなっていよう。辻斬りにも不意打ちにも、仕掛ける側に有利となる。

三人は急いで階段を下りた。箕之助は帳場で勘定をすませ、寅治郎と嘉吉に一歩遅れて茶屋を出た。あとを追おうとし、

「あっ」

思わず足をとめた。

すでに不意をつかれたのか、目に飛びこんできた光景に、

——殺気!

箕之助は感じた。目の前に、さきほどの片岡源五右衛門の姿がある。堀部安兵衛も、さらにもう一人……。安兵衛の刀の柄《つか》が、ふところに入れた寅治郎の手首を押さえている。寅治郎の手がふところの中で鉄扇の柄《え》を握っているのは、箕之助にも分かる。その手を安兵衛に封じられているのだ。

寅治郎が嘉吉をともなって茶屋を出たときだった。まさに不意だった。暖簾を背に数歩あゆみ出た寅治郎の前を、安兵衛がふさいだ。その脇を片岡源五右衛門ともう一人の武士が動きを封じるように固めた。寅治郎はふところに手を入れた。それを安兵衛は逃さなかったようだ。鞘《さや》ごと刀を前に突き出し、柄で寅治郎の手首を押さえたのだ。

声が聞こえた。

「すまぬのう。一緒に参ろうか」

「ふむ」

安兵衛が低く言い、寅治郎は頷いた。往来人は少なくない。そこに殺気のただよっていることに気がつく者はいない。いずれもまだ笠をかぶっていない。一人は浪人姿だが侍同士が立ち話をしているようにしか見えない。それだけ堀部安兵衛も日向寅治郎も、互いの技《わざ》を知った手練《てだれ》ということになる。その気迫をもろにかぶったのか、嘉吉は寅治郎の背後で茫然と立ち尽くしている。

「日向さま！」

箕之助は駈け寄った。

「うむ」

手首を押さえられたまま寅治郎は頷いた。目はなおも安兵衛に合わせている。

「いったい！」

緊迫のなかに箕之助は声を入れた。侍同士の立ち話にお店者が加わったようにしか見えない。もう一人の武士にも箕之助は見覚えがある。愛宕下に梶川与惣兵衛を狙い、呉服橋御門外に吉良上野介の駕籠を襲おうとした堀部安兵衛らのお仲間である。高田郡兵衛である。不意に加わった箕之助に、片岡源五右衛門も高田郡兵衛も反応を示さない。箕之助が出てくるのは先刻承知だったのだろう。そのようすは、すでにかれらが十分に策を練ったことを示している。時間はあり余るほどあったのだ。この間にも祐海は一歩一歩と来た道を返し、その五間ほど先を播磨屋の丁稚太助が歩んでいる。寅治郎らとの距離は刻一刻と開いているのだ。

「お互い、おなじことを考えたのかな？」

「そういうことだ。さあ、参ろうか。このまま つき合《お》うてもらうぞ」

確かめる寅治郎へ、安兵衛はうながすように応じた。

寅治郎は再度頷き、歩を踏み出した。そうせざるを得ない。ここで騒ぎを起こせば、祐海の身辺はまったく無防備となる。不破数右衛門の姿が、近くに見えないのが気になる。それに、若い磯貝十郎左衛門もいない。

先頭を寅治郎と安兵衛が肩をならべて歩く。その足の一歩一歩に二人が牽制し合っているのが、箕之助と嘉吉にも感じられる。互いに張りつめる両者のあとに高田郡兵衛と片岡源五右衛門が歩を進め、そのまたうしろに箕之助と嘉吉がお供のようにつづいている。仁王門前の広い往来で、この一行にわざわざ注目する者はいない。参詣人には武士もおればお店者もご新造も町娘もいる。それらの動きに茶屋からしきりに呼びこみの声がかかるのみである。

ときおり前面の片岡源五右衛門と高田郡兵衛があとを振り返る。江戸川橋でのことがあったせいか、片岡源五右衛門などはニッと不敵な嗤いを見せる。そのたびに箕之助と嘉吉は顔を見合わせる。片岡も高田も、お店者二人が離れずついてきていることを確かめているのだ。ついて行かざるを得ない。箕之助はわざと間隔を開けようとした。すぐに片岡源五右衛門が振り返り、箕之助を引き寄せるように編み笠の前を上げて睨む。そのたびに嘉吉は足がすくむ思いになった。

一行はすでに護国寺の大通りを抜け、橋のたもとを過ぎ江戸川に沿った往還に入っている。陽のすっかりかたむいているのを感じる。前後の武士はそれぞれに深編み笠をかぶっている。仁王門前の茶屋を離れながら安兵衛が笠を頭に載せると、寅治郎もつられたようにかぶり、片岡と高田もそれにつづいた。不意をつかれたときからすでに寅治郎は安兵衛らに呑まれているのだ。

江戸川の流れを聞きながら、箕之助も嘉吉ももう事態を解している。策として寅治郎らが一丸となって祐海のまわりを固め、そのまま愛宕下まで帰る。打ちこめば騒ぎにならざるを得ない。仕損じる可能性は高い。そう見た安兵衛らは茶屋の前で、早くも寅治郎らと祐海とを引き離してしまったのだ。不破数右衛門ともう一人、磯貝十郎左衛門がこの場にいないのがさらに気になってくる。

事態を祐海に知らせようと箕之助か嘉吉が飛び出したなら、さきほどのようすから、即座に片岡源五右衛門か高田郡兵衛の腰の物が鞘走《さやばし》るだろう。寅治郎がふところの鉄扇で安兵衛の隙を狙えば、たちまち路上での争闘へと広がることは必至だ。いずれも双方にとって得策でない。愚である。その一致した思いに寅治郎ら三人と安兵衛ら三人が結ばれ、午前来た往還に歩を進めている。奇妙な均衡というほかはない。

寅治郎は気が気でなかった。

「もっと早く歩けぬのか」

「茶屋でひと休みするかの、日向どの」

嚙み合わないのも、両者の均衡のうちである。

市ヶ谷御門前の人混みが見えてきた。午前よりも人の出は多くなっている。

「あと幾人いるのだ」

笠の中から寅治郎は問いを投げた。安兵衛は答えた。

「痴《し》れたことを訊くな」

その返答はやはり、かれらの策を物語っている。寅治郎らを存分に引き離してから別働隊が、

――祐海を襲う

両脇から茶汲み女たちの呼びこみがかぶさってきはじめた。寅治郎は全神経を前方の人混みのなかにそそいだ。箕之助らもおなじであった。嘉吉がときおり前二人の大きな笠を避けるように伸びをする。さいわい、騒ぎらしいものの起きたようすはない。張りつめたなかに市ヶ谷八幡宮門前の人混みは薄らぎ、本来の外濠に沿った往還へと環境は戻った。やはり〝敵方〟は衆人環視の中での騒ぎを避けたようだ。

だが、

（まずい）

さっきまで点のように見えていた祐海の雲水笠が、

――見えない

お濠沿いの往還に辻番小屋の点在するのが見えるばかりである。

陽はすでに落ちている。

襲う場所は、

(愛宕下!)

青松寺門前を立ったときにまず緊張を覚えたように、一帯には辻番小屋から死角になった箇所は多い。そこに入ったころは、暗闇が〝敵方〟へ味方するところとなっていよう。明かりをもたらすのは、糸のような三日月のみである。ならば数右衛門一人でも、遂《と》げられる……。

(いかん、いかんぞ!)

全身に冷やりとしたものが走るのを覚えた。

四ツ谷御門を過ぎ、歩は外濠溜池に進んでいる。太陽の位置はますます低くなる。

「日向どの」

寅治郎の焦りを察したのか、安兵衛が笠の中から不意に声をかけてきた。やはり安兵衛も張りつめているのか、地に落とすような、低く渇いた声であった。

「う、なにか」

似た声を、寅治郎は返した。

「なにゆえ察してくださらぬ。われらの心情を……」

「そのことか。察しておる。だからだ」

「………」

安兵衛は笠をとった。寅治郎もそれにつづいた。陽射しはすっかり力を失っている。往還に落とす影が長い。寅治郎は安兵衛の横顔に視線を向けた。無言であったものの、安兵衛の決意に変化は感じられない。隙を見せないのである。

赤坂御門にさしかかった。過ぎれば、溜池はすぐである。陽は落ちた。暮れなずむ時間が、極端に短く感じられる。見えてきた。溜池である。土手の、強い陽光を受け終わったあとの草いきれを鼻腔に感じる。あたりは、もう薄暗い。

辻番小屋から番人が出てきた。ひとかたまりになって近づく一行に、ジロリと視線をながす。いずれかからの帰りか、浪人が混じっているものの武家地を武士が歩いているのに不思議はない。うしろに従っている町人はお供の者か。そこに張られている、護国寺から背負ってきた緊張の糸に気づくことはない。番人は軒下の提燈に明かりを入れに出てきただけだった。辻番小屋は夜でもおもての腰高障子を閉めないのが決まりである。小屋の中が見える。四、五人の番人が談笑している。壁には六尺棒に突棒《つくぼう》や刺股《さすまた》の立てかけられているのが見える。

箕之助と嘉吉は顔を見合わせた。

(いまごろ留さんも)

二人の脳裡にめぐっていた。きょうは仕事を終えてからも辻番小屋に残り、祐海とその護衛の一行が戻ってきたのを確認するまで、

『俺《おり》ゃあ帰《けえ》らねえぜ。番人さん方と無駄話でもしながら待っててやらあ』

留吉は昨夜、自分から言った。もちろんそれは寅治郎も聞いている。

もう一つ、寅治郎を含め三人の脳裡にさきほどから去来しているものがある。先頭を行っているであろう太助の存在である。護国寺前の茶屋を出てからのこの異変に、

(気づいているであろうか)

唯一存在を知られていない太助が異変に気づいたなら……。

暗さが深みを増そうとしている。祐海の足はすでに外濠沿いの往還をそれ、愛宕下へのあの潮見道を下っているはずである。もちろんその五間ほど先を太助も……。

(気づいていてくれ)

三人の脳裡は、祈りにも近いものになっていた。気づいたなら、なにが待っているかは

しれないが、この事態の変化が期待できるかもしれないのだ。

坂上の辻番小屋の前を過ぎた。安兵衛と寅治郎の足が外濠沿いを離れた。急な下り勾配である。それゆえに路上は辻番小屋から死角となる。

「おっとっと」

おどけたのか勾配に足をとられたのか。いずれも違った。真剣である。笠を捨て走り出した寅治郎は躓《つまず》かぬようにすり足だった。

弾《はじ》けたように、

「離さぬぞ！」

安兵衛も笠を地面にたたきつけるなりすり足になった。

「おっ」

片岡か高田かいずれの声か分からない。両名は同時に動いた。

「いまだ！」

箕之助の声である。すり足に駈けた。一団がそろったように坂下へ向かう。細い三日月の明かりが映し出すそれらの影は、奇妙な動きに見えることだろう。すでに夜の帳《とばり》のなかである。それぞれが慌てながらも躓きに用心した走り方だから仕方あるまい。坂道はまだ一丁ばかりもある。

「許さぬ！」

途中で安兵衛は刀を鞘走らせるなり地を蹴った。当然その躰《み》は刀身を抜いたまま寅治郎の背後に覆いかぶさろうとする。打ちこんだ。寅治郎の足に力が入り躰を左に避けながら鉄扇を背後右上方へ走らせた。

――ガキッ
鈍い鉄のぶつかり合う音に火花が散った。安兵衛の足は刀を撥ね上げられた状態で地についた。勾配で態勢を立て直すことはできない。躰はすでに寅治郎の前に出ている。

「御免！」

横をすり抜けながら寅治郎は鉄扇を打ち下ろした。脛《すね》を曲げ躰を前につのらせながら安兵衛は刀で鉄扇を防いだ。ふたたび鉄の音に火花が走る。安兵衛を追い越した寅治郎は坂道にたたらを踏み、かろうじて顚倒するのを防ぎ、自分の躰の動きをとめた。中腰になっている。

安兵衛も鉄扇の衝撃が大きかったのか右手に刀を持ったまま左手を地面につき上体を支えている。

「お互い、息が合ったのう」

「さすがよ」

寅治郎が浴びせたのへ安兵衛は返した。寅治郎は受けながら心ノ臓の高鳴りを抑えることができなかった。いましがたの動きによるものではない。

——この場所！

なのである。

周囲は果たして、夜の帳《とばり》なのだ。〝さすがよ〟と吐きたいのは寅治郎のほうである。

箕之助は、

「ととととっ」

たたらを踏まざるを得なかった。嘉吉がそこにぶつかった。

「行かせぬぞ！」

片岡源五右衛門も高田郡兵衛も抜刀していた。あわよくば前面の争闘をすり抜け、坂下に走り切ろうとした箕之助と嘉吉の前に立ちはだかっている。

「おおおっ」

白壁に肩を打ちつけ嘉吉の身を支えた。同時に念じた。

（太助どんは！）

両脇は広大な大名屋敷の白壁である。壁を通しさらに庭の植え込みを過ぎ、裏の往還にあった一瞬の騒ぎに気づくことはない。

ただ、心細い。太助である。

(こんなに遠かったなんて、せめて提燈を)

前方にうっすらと認められる白壁の途切れた箇所を曲がれば、つぎは旗本屋敷の白壁がつづく往還である。その先の角を曲がれば、向かいは青松寺の山門となる。

(あと、あとすこし)

歩をゆるめ、振り返った。祐海和尚は間違いなくついてきている。前の小さな影が怯えた足取りになっているのを、暗いなかにも祐海は気づいたのか、励ますように金剛杖で地面をたたき音を立てた。草鞋《わらじ》の足音以外に物音一つしない一帯である。杖の音は響く。

「へえ」

太助は自分で自分に頷き、ふたたび前面に向き直った。山門前の辻番小屋に留吉が待っていることは、太助も知っている。

(留吉さん、いてくれるだろうか。迎えにきてくれないだろうか)

思わずにはいられない。

「うぁっ」

角に影が動いた。それも両脇に二つ。

不破数右衛門と磯貝十郎左衛門である。やはり先まわりし、待ち伏せていたのだ。寅治郎が思ったとおりの〝敵方〟の策だったのである。

「へへ、あっしの手にかかりゃあこんなもんでさあ」

提燈や部屋の行灯《あんどん》の明かりの中でガタのきた文箱や文机に手を加え、

「おめえ、大工だけじゃなくって建具師《たてぐし》だってやっていけるんじゃねえのか」

目を細める辻番小屋の番人たちを相手に、留吉は腕自慢をならべたてている。とっくに下職二人は帰した。五人いる番人たちは気になっていた文箱や文机の痛みを修繕してもらったうえに、いつもと違った話し相手を得てよろこんでいる。

数右衛門と磯貝は待ち伏せた白壁の往還に人の気配を感じ、確かめようと上体を角から乗り出したのだった。ところが影は小さく、雲水姿ではない。

「あれ？」

と、その戸惑いを太助に見られてしまったのである。かえってそれが太助の恐怖心に火をつけた。

「留吉さーん！」

いきなり前面に走りだし、角に達するや、

「辻番さーん」

叫び、なおも走る。突然の影の行動に数右衛門と磯貝は、

「な、なんなんだ」

逆に度肝を抜かれた。極度に緊張しているときである。辻番のすぐ近くにあることは用心の範囲だったが、いきなり〝辻番〟などと叫ばれたのではひるまざるを得ない。

太助の影は走り去った。

声は寅治郎らにもかすかに聞こえ、定法どおり腰高障子を開けたままの辻番小屋にはさらに聞こえた。

「おっ」

「どうしたい！」

番人の一人が叫んだときにはもう留吉は暗い往還に飛び出していた。

「来てくだせーっ」

留吉は首だけ振り返らせ叫ぶ。番人らも声は聞いている。一斉に立ち上がり提燈と六尺

棒を手に番小屋を飛び出す。刺股を取った者もいる。

旗本屋敷の正門前を走り、角を曲がった。

「おおうっ」

出会いがしらである。

「留さんっ」

太助と留吉は互いに支え合った。

「で、で、出た！」

「なにがだ！」

「辻斬りか！　物盗りか！」

大声で叫んだのは追いかけてきた番人たちであった。

「ああ、あっち」

太助は震える手で走って来た方向をさす。

「おうっ」

提燈が太助と留吉の横を走り抜けた。

聞こえたのは少年の声である。

「伏兵？　おぬしの手の者か」

「いかにも」

腰を落としふたたび刀の柄に手をかけた安兵衛に寅治郎は応じる。片岡源五右衛門と高田郡兵衛は刀こそ抜いていないが、箕之助と嘉吉を左右から挟みこむ位置で腰を落としている。

さらに聞こえた。辻番小屋から走り出てきた番人たちの声である。

すでに騒ぎになっている。悟らざるを得ない。不意打ちは失敗である。

「さすがは数右の親友よ。――退こうぞ」

安兵衛は声を絞り出し、片岡らの影に声を投げた。

「町人なれどその根性、褒《ほ》めてやるぞ」

高田郡兵衛の声だった。

三人の影はひるがえった。

「ふーっ」

寅治郎は安堵の息を洩らした。嘉吉はその場によろよろと崩れ落ちそうになり箕之助に支えられた。無理もない。人の一生で殺気をもろに浴びるなどそうあるものではない。

「まだ終わっておらんぞ」

寅治郎は叱咤《しった》し駈け出した。

「行こう」

箕之助も嘉吉を引きずるようにつづいた。

失敗を悟ったのは不破数右衛門と磯貝十郎左衛門たちのほうが早かった。なにしろそこが現場なのだ。苦渋とともに、

「おう」

頷き合うなり闇の中に消え去った。

旗本屋敷の角を曲がった番人らは、

「おおっ？」

六尺棒や刺股を構えたままたたらを踏んだ。

「いかがされたかの。騒がしい声が聞こえたようじゃが」

「御坊は！」

落ち着いた声に番人の一人が提燈で祐海を照らした。

「いま、丁稚風の子供が辻斬りだの物盗りだのと！」

「ほほ。この暗さに怯えたかの」

祐海は提燈の明かりの中に饅頭笠の前を上げた。

「おっ？」

また番人の声である。祐海に対してではない。

「ご無事でございましたか」

闇のなかから提燈の明かりに向かって駈けてきたのは箕之助と嘉吉であった。寅治郎は遠くから祐海の無事を確認するなり、

「あとは頼むぞ」

追ってきた箕之助に後事を任せ、闇の中に消えた。かかる場面に浪人者が現れたのでは、番人たちの疑《うたぐ》りを誘うだけである。

留吉も太助を抱えるようにして提燈の明かりの中に駈けてきた。

「さよう、この童《わらべ》は拙僧の供の者でのう。青松寺も眼前で、ほれ、あの樹々のざわめきが不意じゃったからであろう」

祐海が白壁の上から往還にあふれ出ている松の枝を見上げれば、

「御坊はそこの青松寺の客僧であられ、手前どももその供の者でございます。上の溜池のあたりでつい見失い、慌てていたところかような仕儀になりまして」

箕之助が鄭重《ていちょう》に話し、それがすでに昵懇《じっこん》となっている留吉の知り合いで、しかも騒い

だ太助がコクリと頷くのであっては番人らは、

「人騒がせな」

と、気抜けの態にならざるを得ない。

戻りしな番人らが、

「騒ぎといやあ、あの騒動以来まったく動きがないが、赤穂のお侍たちなに考えていなさるのかなあ」

「そうよ。せっかくお侍がたも畳職人と一緒になって頑張りなすったのによう」

提燈の明かりの中に話しだしたのに祐海はドキリとし、留吉がなにか言おうとしたのを、箕之助は慌ててとめたものであった。あの切腹の数日前、二百八十畳の畳替え事件のあった舞台がかれらの辻番小屋と背中合わせの増上寺だったのだ。辻番小屋の番人らは、なにやら新たな事件の起こるのを期待しているようである。さきほど即座に飛び出したのも、その故《ゆえ》であったのかもしれない。

九

やはりこの日、最大の騒ぎとなったのは青松寺の門前であったといえようか。江戸川橋のたもとでは、ぴたりと合った寅治郎と箕之助の息が、かれらの思惑を静かな未遂に終わらせたのだ。

どこの商家でも、丁稚が奥の座敷に上げられることなど滅多にない。だが播磨屋での今夜は特別であった。しかも夜食を出され、部屋にはあるじの忠太夫と二人だけである。太助はまだ緊張の面持ちを消していない。

「は、はい。帰りのときです。神田川でしたっけ、あの江戸川の道からお濠の道に入ったときでございます。ちょっと振り返ったときに、最初の話と事態が違っているのに気がつきました」

それでも太助は忠太夫に言われたとおり、最後の瞬間まで黙々と祐海の前を歩きつづけた。正直といえば正直すぎる。

「祐海和尚はきっと、そのようなおまえのうしろ姿を、一番頼もしく思われたことであろうなあ」

あるじの忠太夫に言われ、きょう一日をとおし太助は初めてニッと笑顔を洩らした。

蓬莱屋でも、奥の部屋に明かりが灯っている。闇に沈んだ増上寺からは樹々のざわめきが伝わってくるのみである。

「ほーう、あの太助どんがなあ。播磨屋さんも、いい奉公人を持たれたものだ」

仁兵衛は言い、窪んだ小さな瞳を嘉吉にそそいだ。

（おまえも）

その視線は言っている。さらにつづけた。

「嘉吉。もう、神経を使わなくて済みそうだぞ」

あすから増上寺が祐海に、寺の乗り物を提供することに応じたらしいのだ。堀部弥兵衛と青松寺の住持が掛け合ったようだ。まさか葵《あおい》の紋所《もんどころ》を背負った駕籠を襲うような愚はするまい。弥兵衛は幕府の権威を、逆手に取ったのである。


「へへ。太助の叫び声を聞いて、俺《おり》ゃあ魂消《たまげ》たぜ」

辻番小屋で箕之助をまじえ、番人らとあらためてひとときを過ごしたあとである。街道を芝二丁目のほうに向かいながら、留吉は得意になって言う。最後に役割のまわってきたのがよほど嬉しかったようだ。その手には辻番小屋の提燈が揺れている。小屋から借りたのだ。姿を消した寅治郎は増上寺門前の屋台で、

「明かりがなかったら帰りづらいでのう」

と、蕎麦をまた腹に収め、一杯引っかけながら二人を待っていた。街道沿いに、増上寺

の前ともなれば屋台はけっこう出ている。寅治郎にすれば待っていたというよりも、緊張疲れも手伝い一度下ろした腰をなかなかに上げられなかったのであろう。

「さっき番人さんがた、箕さんの前では話さなかったがね。昼間あっしには言ってやしたぜ。青松寺の境内に犬の死骸を抛りこむ奴らを何回か見かけたって」

「えっ、そんなことを！」

増上寺の近くにはチラホラと見られた人の影も、金杉橋を越えるとほとんど絶え、屋台の明かりもさっき通り越したのが最後のようだ。

橋を越え人通りが絶えてから言った留吉の言葉に、箕之助が思わず声を上げたのも無理はない。犬の死骸など、奉行所に知れたらそれこそ死罪に当たる行為である。それにいましがた、夜の古川の流れを耳にし、ついこのまえ葬った遊び人の政次郎を思い起こしたばかりでもある。

留吉は声を抑えているものの、響きには明るいものがあった。

「嬉しいじゃねえですかい。あそこの番人さんがた、見て見ないふりをしてるってさ」

「ほう」

頷きを入れたのは寅治郎である。

「まったくあのお侍たち。町衆の気風やそれを見逃す番人さんらの心意気を見習ってもらいてえや。きょうみてえなケチなことを考えねえで、ほんとうにおやりなさるんでしょうかねえ」

「やるさ」

寅治郎は応じ、

「きょうのあの者どもの執念と用心深さ、町人にはないぞ。それに退《ひ》き際《ぎわ》の鮮やかさだ。単なる跳ね上がりだけでは、あゝはできまい」

「それ、わたしも感じました」

箕之助は共感の声を入れた。

「そんなもんですかねえ」

留吉はなおも不満そうに言い、

「舞のやつ、もう塒《ねぐら》に帰《けえ》ってるかなあ。それともまだ大和屋さんで……」

三人の足は街道を芝二丁目のあたりに入っていた。

留吉は辻番小屋の提燈を振った。蠟燭《ろうそく》の火は、野良犬避《よ》けにもなるのだ。夜道を歩くのに最も気をつけねばならないのは、夜盗や辻斬りではなく野良犬なのだ。

「赤穂のはね上がりも払わねばのう。来《きた》るべき日のために」

寅治郎が呟くように言い、

「そのようで」

箕之助は低く頷き、留吉はまた提燈を振った。

重なる衝動

一

『言い聞かせたのじゃがな、なかなか難しいものでござった』

堀部弥兵衛が松本町の播磨屋を訪れ、あるじの忠太夫に話したのは、安兵衛や数右衛門らが青松寺《せいしょうじ》の門前から消えた三日後のことであった。

『片岡さまや磯貝さまらも納得されましたか』

忠太夫は身を乗り出した。なにしろ祐海の命に関わることなのだ。

『いや。皆を集めて話そうが個別に意見しようが、まるでだめでござった。いいかげん儂《わし》も腹が立ち、言ってやったのじゃ。それが効《き》きもうしてな』

『いかように』

『吉良の首《しるし》を狙《ねろ》うておるのは、おまえたちだけじゃないぞ……となᅳ。すると奴らめ、互いに顔を見合わせおって、大人しくなりもうしたわい。不破数右衛門ものう』

弥兵衛は丁稚の太助をわざわざ部屋に呼び、

「礼を述べて満足げに帰っていかれた」

と、忠太夫が太助をお供に蓬萊屋と大和屋に足を運んで話したのは、その日のうちであった。そのとき弥兵衛が手土産にと持ってきた落雁《らくがん》が、いま大和屋の卓袱台《ちゃぶだい》の上に置かれている。日持ちのする砂糖菓子だが、嗜好品とあっては鰹節《かつおぶし》や昆布《こんぶ》と違って献残屋に商品として持ちこまれることはめったにない。蓬萊屋も大和屋も献残屋とあって、弥兵衛はそのあたりも考慮して品を選んだのだろう。

すでに文月《ふづき》（七月）に入り、陽さえ落ちれば涼しさが感じられる。舞と寅治郎がそれぞれ志江に呼びとめられ大和屋の奥の部屋に顔をそろえているが、留吉はこの日、辻番小屋の修理普請が最終仕上げで、

「向かいの旗本屋敷の用人さんが来て簡単なふるまい酒をしてくれるらしいや。帰《けえ》りはちょいと遅くならあ」

と、朝出るとき舞に言ったそうな。だが場所は辻番小屋である。そう呑んだり喰ったりはできない。形ばかりのものであろう。

「長屋に帰って誰もいなければ、すぐここへ来ますよ。いつものことだから」

落雁の包みを開いたとき、舞は言った。木箱に入った、贈答用の造作である。堀部弥兵衛からの礼品とあっては、関わった者すべての目を通してからでないと口に運びにくい。留吉もあの日の夜、辻番小屋から飛び出し重要な役割を演じたのだ。

「それにしても、きれい」

舞がまた蓋《ふた》を開け、中をのぞいた。桃に竹に松の枝が形づくられ、細やかに色づけされている。

「深川か両国あたりの職人さんがつくったのかしら。ほんとうにうまくできている」

志江も感心したように言う。高価なのになると箱の中が一つの物語になっているのもあるが、弥兵衛の持ってきたのはそれに近い。

「こうした気配り……もっと早くしておけばのう」

「……以前にも仁兵衛旦那が、それを言っておいででした」

寅治郎がポツリと言ったのへ、間をおいて箕之助が応じた。浅野内匠頭と吉良上野介の軋轢《あつれき》である。

「もういやですよう、関わり合いは」

志江は言い、舞はやはり若い娘心か最初のひと口に思いを馳せているようだ。箕之助も関心を示し、

「落雁とはねえ、まず木の枠《わく》の中に胡麻《ごま》をまき、その上から砂糖に味塵粉《みじんこ》を練り合わせた生地《きじ》を押し固め、それをひっくり返して開けると白い地肌に胡麻が点々と見え、雪の上に雁《がん》が舞い降りたようだというので、落雁というようになったのだ」

などと蘊蓄《うんちく》を垂《た》れる。

「まあ。するとこの桃色や竹の色も、塗るのじゃなくて色の粉を先に引いて、そこへ生地をかぶせるのね。それにしても濃いところからしだいに薄くと、すごく難しそう」

「それが菓子職人の腕さ」

話に興が乗りはじめたところへ、

「やっぱり旦那もこっちでしたかい」

玄関のほうから留吉の声が入ってきた。志江が行灯《あんどん》に火を入れたばかりだった。辻番小屋の仕上がりがかなり早かったようだ。

「なんですかい、それ」

部屋に入ってきた留吉が卓袱台の上をチラと見ただけで機嫌よさそうに言ったのは、少しばかりのふるまい酒に与《あずか》ってきたせいばかりではない。

「へへへ、これよ」

落雁の箱の横にドンと音を立てて置いたのは一升徳利だった。

「なんなのよ、兄さん。こんなの持ってきて」

「へん。なんだと思うね」

怒った口調で言う舞に留吉はからかうように返し、

「旗本屋敷のご用人さんが腰元衆にちょいとばかり祝い酒を持ってこさせてよ。そこでご用人さんが番小屋に上がり、俺が張り替えた床や板壁を撫でたと思ってくんな。感心なすったねえ。その場で中間《ちゅうげん》を酒屋に走らせ、熨斗《のし》もかけずに相済まぬが持ち帰ってくれと。嬉しいじゃねえか。熨斗はなくとも心が染みこんでらあ」

「まあまあ、それは」

志江が熱燗《あつかん》の準備をし、舞が香《こう》の物を切り、その場はにわかの宴席となった。留吉の話では、旗本屋敷はあの夜の騒ぎに気づいたようだが、翌日の辻番小屋の説明に何の不審も抱かなかったようだ。

「へーえ、こいつがその薬研堀《やげんぼり》からの手土産ですかい」

志江が、きょう昼間播磨屋の忠太夫と太助が来たことを話すと、留吉はようやく落雁の木箱の中に視線を落とし、つぎにはのぞきこみ、

「ほー。こいつもいい仕事してやがるねえ」

言ったものである。やはり留吉も職人か、食欲よりも技《わざ》のほうに目がいく。

「落雁といやあ、変わった職人を一人知ってまさあ」

「近くに菓子屋さん、ありましたっけ」

ふたたび話題が落雁に移り、志江が相槌を打つように言う。

「街道にあるけど、あそこは売ってるだけじゃないの。こんなに凝《こ》ったのはないけど、すっごくおいしいのがある。歯ごたえも舌ざわりもよくって」

「知ってる。この町内、三丁目の井筒屋《いづつや》さんでしょ。あそこの落雁、ほんと雁が舞い降りただけの造作だけど、嚙んだときに生地がこぼれず、しかも口の中にジワッと溶け」

「そうそう、それがなんともいえないの。甘すぎず、かといって薄くもなく」

志江の話にまた舞が嬉しそうに乗る。

「おいおい。酒に甘いものは合わんぞ」

「そうだぜ。あっしの言っているのは職人技のほうだ」

女同士の話に寅治郎が中断させるように入り、留吉も同調して湯呑みの酒をグイと喉にとおした。

「どんな職人さんだね」

箕之助は留吉のほうに乗った。さきほど落雁への蘊蓄を垂れたばかりである。

「直接知ってるわけじゃねえんですが、あしたからまた戻る金杉通りの普請場でさあ」

留吉は数日その普請場に出て、それから愛宕下の辻番小屋にまわったのである。

「新築はほれ、街道沿いの浜幸屋《はまさちや》の近くで、更地《さらち》に木材を運びこんだときによ」

前掛《まえかけ》に姉さん被《かぶ》りの近所のかみさん風の女が凝《じ》っと立って大工の仕事ぶりを見つめ、それが二、三日とつづき、

『これだけの土地に新築なんて、けっこうかかるんでしょうねえ。もっと小さくて、新築とはいかないけど修理普請ならいかほど用意すりゃあいいんでしょう』

などと大工の一人に訊いてきたという。進行中の普請場がつぎの仕事に結びつくのはよくあることだ。

「俺の兄貴分が棟梁にいわれ、俺も一緒に見に行ったのよ。街道から西へちょいと入った裏通りで、それがお粗末な板壁に杉皮葺《ぶ》きの屋根の下で、独《ひと》りで落雁をこねてやがる職人の家だったってわけさ。ま、庭もつぶして二階家にでもすりゃあ弟子の二、三人も入れてそこそこの暖簾が張れるかもしれねえがよ。だが無口な野郎でたった一言、用はねえって追い返されちまったい」

「なあんだ、それだけ？　変わった職人って、ただの無愛想なだけじゃない」

「黙って聞きやがれ。つづきがあらあ」

舞が横槍を入れたのへ留吉が睨みつけ、

「どのように？」

箕之助はうながした。女房の前向きさと亭主の偏屈さに興味を持ったのだ。夫婦でうまくかみ合っていない……。志江も行灯の明かりに照らされた留吉の顔に視線をやった。箕之助とおなじようなことを感じたのだろう。箕之助は留吉からいまの新築の話を聞いたときも、すぐに扇子を手土産に御用聞きの挨拶に顔を出したものだが、

『扇子じゃうちの商品だし、芸がないなあ』

などと志江と話し合ったものだった。それで、

――手土産には献残屋の商品ではないものを

そのときから念頭に置いていたのだ。いま目の前にある落雁を見たとき、二人は堀部安兵衛の心づくしを感じた。だが、木箱入りの落雁は高価すぎる。留吉のいう落雁職人はどのようなものをつくっているのかと、そこに興味を持ったのだ。

留吉はつづけた。

「そのかみさんよ、つぎの日もまた来やがったぜ。凝《じ》っと普請場を見てやがるのよ。気味が悪くってよ、仕事の合間に近所で訊いてみたが、屋号があるのだかないのだか、金杉通り一丁目の人らも店の名は知らねえってよ。かみさんがあっちこっちまわって商いを広げようとしているらしいが、亭主が一人でこねているもんだから量が限られ、外まわりの働

きが無駄になってかみさんはいつもいらいらしてるらしい。その職人亭主、孝太郎《こうたろう》って名で毎日陽が落ちるまで落雁の生地をこねてやがるもんだから、落雁の落太郎っていやあそれだけで近所じゃ分かるらしいや」

「ふむ、腕はよさそうだな」

寅治郎は聞いていないようで聞いていた。

「そいつぁ知りやせん。喰ったことござんせんし。あしたからまたその金杉の普請場でさあ。あのかみさん、また来てんじゃねえのかなあ。気の強そうな女だったから」

「かみさんはともかく、落雁の落太郎さんか……」

箕之助は独り言のように言って志乃と目を合わせ、互いに軽く頷き合った。

——その落雁
手土産にできるのではと思ったのだ。

この日、堀部弥兵衛の落雁は手つかずに終わった。酒に合わないというよりも、食べるよりも数日飾っておくような造作だったからだ。だがあしたあたり舞が茶屋に持っていってまわりに自慢し、茶汲み仲間たちと「あまーい」などと舌鼓《したつづみ》を打つことになろうか。

「俺は留吉の持ってきた酒のほうが有難いぞ」

寅治郎は言いながら湯呑みをまた口に運んだ。旗本屋敷の用人が持たせた一升徳利の中身は、かなりの上物だった。

外はまだ三日月で月明かりは感じない。志江が提燈を出してきた。翌朝舞が田町の茶屋へ行くついでに返しにくるのが、夜更けてから帰るときの習慣になっている。

二

朝靄《あさもや》のなかに舞が提燈を返しにきて、寅治郎も鉄扇をふところに田町へ向かってからしばらく、すでに太陽は昇っている。

「ちょいと行ってくるよ」

箕之助は出かけた。街道おもての井筒屋で、おなじ芝三丁目だからあるじやかみさんとは昵懇《じっこん》である。

井筒屋ともささやかとはいえ献残物の取引はあるが、きょうは御用聞きではない。逆である。

さすがは街道筋で、井筒屋はもう暖簾を出していた。

「手土産に使えないかと思ってね」

箕之助が相談するように落雁の件を話すと、

「ようやく気づきなさったか。これまで大和屋さんが持って来られた扇子ねえ、うちがよそさまへ挨拶に行くのに、ほれ、そこにならんでいる餅をちょいと持って行くようなものさ。もらったほうはなにも感じないさ」

おなじ町内の仲間意識からか、言うことは辛辣《しんらつ》だが親身を感じる。井筒屋のおやじはつづけた。

「うちの落雁は凝った造作ではなく、子供の小遣い銭でちょいと買える値だが、味は天下一品さ。なにしろ金杉通り一丁目から仕入れていてね」

「えっ、ならば落雁の落太郎さんとかの」

きのう留吉が言っていた落雁職人だ。

「あれ、知ってるのかい」

井筒屋のおやじは急に相好《そうごう》を崩した。どうやら井筒屋のあるじも、落雁の落太郎には他の菓子職人には覚えない特別の思い入れがあるようだ。

「うちにおいてある落雁は全部あの人の作さ。なにしろつくる量が少ないもんで仕入れも大変さ。たまたまうちの女房があそこのかみさんをよく知っていて、それでなんとか仕入れられるのさ。一つ食べてみなさるかね」

角が欠け、商品にならないのを箕之助に渡しながら、

「そうそう、大和屋さんのご新造さん、ときどき一つ二つと買ってくださってるよ」

舞も含め、志江たちの楽しみの一つだったようだ。それを知らなかったことに箕之助は苦笑しながら口に入れた。なんの造作もない、白い小さな塊《かたまり》の上に胡麻が付着しているだけの落雁で、雪に雁が降りたなどと優雅なものでもない。

噛んだ。

「ん？」

思わず声が出た。志江と舞が相槌を打ち合ったように、歯ざわりがよく、そのあとに他の落雁のように砂糖のザラザラした感触がないまま、甘味がトロリと舌に溶けていく。並ではない落雁の感触を味わっている箕之助に、井筒屋のあるじはどうだといわんばかりに、

「落雁の生地はねえ、大和屋さん」

と箕之助が舞に垂れたように蘊蓄を垂れはじめた。箕之助は聞く気になった。

「もち米を蒸してから天日で干し、それを粉に挽《ひ》いてさらに砂糖水でこねる。それを金杉橋の落太郎さん、じゃない。孝太郎さんはすべて一人でやってなさるのさ。蒸し方に干し加減、それの挽き方にも加減があるんだろうねえ。これをねえ、もしもだよ。亀か鶴の造作にして色をちょいとつけ、気の利いた木箱に入れてみなよ」

「ふむ、相当高価な贈答用に」

「だろう。いまうちで売っている値の十倍、いや二十倍だっておかしくないわさ。その価値を、あそこの女房どののおキヌさんは知ってなさるのさ。ところが孝太郎さんにその気はない。落雁をつくることにだけ生き甲斐を感じてなさる。わたしら商人の側から見ればもったいないと思うさ。だがわたしは好きだねえ、あの職人気質。だけどその分、女房のおキヌさんはイライラしてるらしいよ」

留吉が言っていた〝気の強そうな女〟とは、このおキヌのようだ。

「井筒屋さん。その落雁の落太郎さん、いや、孝太郎さんに会ってみたくなりましたよ。いいですか」

「あゝ、一度のぞいてみなよ。だけどね、飛びこみで注文したって売ってくれないよ。あの職人さんは前もって注文を受けてる分しかつくらないから。こんど女房に言って余計に注文出してみるから。孝太郎さんの落雁が大和屋さんを通じて大店《おおだな》の旦那衆やご新造さん方の口に入りゃあ、きっと評判になりますよ。それがうちの繁盛につながるかもしれない。いまは買いにきてくれるのは近所の子供か娘かおかみさんくらいだが。あ、これは失礼。大和屋さんのご新造さんにもときどきお買い上げを」

「いや、いいんだ。つまり、志江もこれの価値を知っていたということだから」

「なんですねえ、さっきから大和屋さんの声がすると思ったら、孝太郎さんの落雁がどうかしましたか」

甘い物を売っている菓子屋にふさわしいのか、色白でちょいと小太りのおかみさんが奥から姉さん被りの手拭をはずしながら出てきた。顔も餅のように丸い。

そのおかみさんも、箕之助が得意先への挨拶の品にと話すと、

「そりゃあいい。お菓子に限らず、ものごとは中身さね。あの落雁、それにぴったりですよ。でも、数がそろうかねえ。あんた、どれだけ合力《ごうりき》できる？」

亭主の顔をのぞきこみ、箕之助が直接つくっているところを見に行きたいという話になると顔をしかめた。

「なにか？」

箕之助は気になった。直接買いつけに行かれるのを警戒している風でもない。

「よしたほうがいいですよ」

おかみさんは言うのである。

箕之助は、

「あそこの奥向きになにか問題でも？」

献残屋らしいことを訊いてしまった。つい昨夜の留吉の話が脳裡をかすめたのだ。

「いえね。女房のおキヌさんはあんなにやり手で、うずうずしているし、あたしゃ仕入れにいくたびに聞かされるのさ。里も下総《しもうさ》であたしとおなじなもんだからね」

そういう結びつきがあって、やっと仕入れも可能のようだ。井筒屋のおかみさんはさらにつづけた。

「おキヌさん、最近とくにイライラしているみたいですよ。あの孝太郎さん、商いを知らないのさ。それを思えばおキヌさんの気も分かるけどねえ。それに……」

おかみさんは言いよどんだ。

「おまえ、このまま言ってたじゃないか。孝太郎さんに限ってそんなことあるはずないじゃないか」

「あたしもそう思うんだけど」

亭主の言葉に、おかみさんは意味ありげにつないだ。

「おキヌさんが言うのさ。最近、孝太郎さんが仕事の手を休めてふらりとよく出かけるようになったって。せいぜい一刻《いっとき》（およそ二時間）もしないうちに帰ってくるんだけど。おキヌさんに言わせれば、……その、つまり、女ができて会いに行ってるんじゃないかって」

「だから俺が言ったろう。家の中で毎日かみさんにガミガミ言われてみろい。気晴らしにふらりと外へ出たくならあ。古川の河原か芝浜《しばはま》の海辺あたりで風にあたってるだけじゃねえのか。きっとそうだぜ。孝太郎さんが可哀想になってくらあ」

「なんだい、あたしへのあてつけかい。でも、風にあたっているだけならいいんだけど。もしほんとうに女なんかできたんじゃ、おキヌさんが可哀想だよ。孝太郎さんの尻をたたくのも、仕事熱心で商いを広げたいからさ」

「たたくにも程があるぜ」

箕之助を前に亭主とおかみさんのやりとりになってしまった。

「分かりました、分かりました。ともかくちょいとのぞかせてもらいますよ。ついでにそのおキヌさんとかいうおかみさんに献残物の話でもしてみますよ。興味を示してくれるかもしれませんから。それよりもこんないい菓子をつくる職人さんが浮気など、気の迷いで味を落としたりすると大変ですからねえ」

まるで仲裁でもするように割って入ると、

「大和屋さん、お願いさ。のぞいたら帰りにまた寄ってようすを知らせておくれよ。あたしゃ心配でねえ」

「俺だって心配さ。菓子屋が菓子を売って人さまから喜んでもらうにゃ、孝太郎さんのような職人が必要なんだ」

おかみさんの言葉に亭主も頷くようにつづける。

「はい。きょう午後にも」

箕之助がおもてに出たのは、ちょうど近くの隠居が井筒屋の暖簾をくぐろうとしたときだった。

（どうもみょうな感じだ。ひとまず志江にも話してから）

そのまま金杉橋に行こうともしたが、やはり足はさっき来た道を引き返した。

三

白浜屋のときのように、相手の奥をちょいとのぞいて取引の口を得ようと営業に行くのではない。挨拶まわりの品に趣《おもむき》を変えようと思っただけで、それもわざわざ金杉通り一丁目まで行かなくても町内の井筒屋で間に合うのだ。いわば昨夜からの成り行きのようなものだが、

（大丈夫かしら）

おもてまで出て見送る志江には思えてくる。相手方の複雑そうな話を聞いた後とあっては、やはり芝一丁目の白浜屋へ出かけるのを見送ったときとおなじようなものがこみ上げ

てくる。むしろ、そのとき以上の胸騒ぎを覚え、

「落雁を求めるのに、向こうさんの奥向きなど関わりありませんからね」

玄関の三和土《たたき》で、わざわざ言ったものである。

金杉通り一丁目といえば、古川沿いの往還をさかのぼって赤羽橋の蓬萊屋へ行くときによく通る道筋である。

「その裏手に変わった職人が住んでいるなんて知らなかったからねえ。ちょいとのぞくだけさ」

箕之助は軽く返していた。

その箕之助の背が、街道に向かう角に消えた。太陽が中天を過ぎた時分である。

町駕籠や大八車や人の行き交うなかに、

「蒸し方に干し加減に挽き方か」

箕之助は呟《つぶや》いた。それが大事とはいえ、下職《したじょく》の二、三人も入れて十分に仕込み、分業にすれば量はこなせるはずだ。それを思うと、

(おキヌさんとか、どんなおかみさんなんだろう)

頼もしく思え、おなじ商人としてそのほうにも興味が湧いてくる。

芝の通りを過ぎ、金杉の通りに入った。急ぎの用か、

「あらよっ、ごめんよっ」

大八車が土ぼこりを上げ追い越していった。慌てて避けたのは女中をつれ日傘を差した商家のご新造風であった。同時に小さな幟旗《のぼりばた》を立てた飴売りも、

「おっとっと」

声を立てて脇に身を避けた。毎回のことながら、日本橋から品川宿に伸びるこの街道に歩を拾うたびに、大江戸に住んでいるとの実感が湧いてくる。同時に、

（人はそれぞれに生きてなさる）

思いもする。さきほど大八車を避けたご新造風が日傘を供の女中に渡し、紅い毛氈《もうせん》を敷いた茶屋の縁台に腰掛けた。おそらく茶一杯の値は、箱入りの落雁ではないが舞のいる田町の茶屋の五倍も六倍もしようか。女中は傘を閉じ、ご新造風にうながされ脇へ遠慮気味に腰を下ろした。おキヌさんとやらも、

（あのような日傘の生活を夢見ているのだろうか）

想像しながら紅い毛氈の茶屋の前を通り過ぎた。

往来人の行き交うなかに下駄や大八車が橋板を打つ音が聞こえてくる。金杉通り一丁目である。金杉橋が目の前にある。留吉の入っている普請場は街道に面しており、すぐに分

かった。なるほど料理茶屋の浜幸屋のすぐ近くだった。浜幸屋の普請にも留吉が関わり、そこの献残物も箕之助の大和屋がほとんど一手に扱っている。いわば、特別の思い入れがある料理茶屋なのだ。

(ん?)

直感した。落ち着きがない。というよりもなにやら、

(慌しい)

普請場だけではない。通り一帯が……である。脇道に駈けこむ者もあれば走り出てくる者もいる。

箕之助は速足になって普請場に近づいた。

「あっ、箕さん、箕さん! ええこった。えっ、それよりもなんで箕さんここへ?」

留吉のほうが箕之助に気づいたのか、木材を平らに削る長斧《ちょうな》を握ったまま往還に飛び出してきた。

「どうした。なにかあったのか。きのう留さんが言ってた落雁の落太郎さんとこまでちょいと」

「なんだって! またどうして!」

「それがなにか?」

「なにかじゃねえぜ。その落太郎ってのがよっ、いま自身番にぃ」

言いかけたときだった。脇へ入る往還から子供のような下職が街道に走り出てきた。

「おっ、帰《けえ》ってきやがった」

留吉の声に間髪を入れないほどに、

「どうだったい」

「なにか、動きはあったか」

他の大工たちも仕事の手をとめたちまち街道の脇で年若い下職を取り囲んだ。近所の者も走り寄り、往来人も足をとめる。下職は息せき切っている。

「ま、まだ自身番に留めおかれているようで……。現場にも自身番にも六尺棒が何人も立ってて近づけません。お役人の数も増え、自身番でまだお調べがつづいているようです」

「落雁の落太郎さんがなあ」

「なにかの間違いさ。きっとそうさ」

人垣から声が出る。近所の者のようだ。

「……？」

箕之助はまだなにがなんだか事情が分からない。

「さあ。おめえら、分かったら仕事だ仕事だ。持ち場に早く戻らねえか」

年配の大工が声を張り上げる。どうやら下職は兄貴分たちに言われ、自身番のようすを見に行ったようだ。大工たちが持ち場に戻り、人垣も散りはじめた。

「あの落さんがなあ」

「間違いですよう。あの人が殺しだなんて」

散りながら言っているのが聞こえる。

「えっ⁉」

殺し——と確かに聞こえた。しかもこれから訪ねようとしている相手なのだ。

「留さん！」

箕之助は留吉の半纏《はんてん》の袖《そで》をつかまえていた。

「おう、逃げねえよ。きょう午前《ひるまえ》だった。驚くんじゃないぜ、箕さん」

留吉は話しだした。声にも顔にも緊張が感じられる。

「ここと おなじ金杉一丁目でも、ほれ、この街道を挟んで落雁野郎のあばら家とは逆の海辺のほうだ。そこに三味線の師匠がいてよ、名前なんていったっけ、さっき聞いたんだが」

「おタカさんか」

「そう、それだ。えっ？　箕さん、知ってんのか」

町に三味線の師匠は珍しくない。どの町内にも湯屋があるように、裏通りの小さな一軒家の玄関口や長屋の軒下に〝三味線教授〟の木札を提げ、朝からトンテンシャンと音を響かせているのは町々の風物詩でもある。三味線に限らず踊りでも端唄《はうた》でも、また読み書き算盤《そろばん》の手習い処でも、毎年如月《きさらぎ》（二月）の最初の午《うま》の日である初午《はつうま》のころが、習い事始めかすでに習っている場合は更新の時期であり、習い子は「どうぞよろしく」と謝儀《しゃぎ》のほかに扇子や菓子折りを包むのが慣《なら》わしである。それは献残屋にとって、小口で量をこなす商い時でもあり、あちこちの習い処から扇子ばかりが持ちこまれる。習い子のほうも心得たもので、扇子屋で新しいのを買うよりも献残屋で安く購《あがな》うのがけっこう多い。

今年の初午のときも、志江が持ちこまれた扇子を整理しながら、

『あら、この漆塗りの豪華なの。これで三回目よ』

などと言っていたものである。

金杉通り一丁目のお夕カも、習い子が持ってきた扇子を大和屋に持ちこんでいる一人で、当然箕之助も志江も面識がある。

以前はいずれかのお座敷に出ていたようだが、いまは三味線教授だけで生計を立てている。物腰も柔らかくけっこう繁盛しているようで、志江も好感を持ってお夕カが来たとき

には、茶菓子まで出し世間話などに興じたりしていたものである。

「ほ、ほんとうにおタカさんかい！　あの細面《ほそおもて》で色白の！」

留吉よりも箕之助のほうが緊張の度を高めた。

「あ、そうか。献残屋だもんなあ」

留吉は解し、

「俺は直接知らねえが、なんでもそのおタカさんとやらを落雁野郎がブスリと殺《や》りやがってその場でとっ捕まってよ」

「えゝ！」

立ちどまって箕之助と留吉の話に聞き耳を立てている者もいる。

「留、早く持ち場に戻らねえか」

「あゝ、いま行きまさあ」

飛んできた声に留吉は返し、

「とまあそういうことでよ、わけが分かんねえのよ。この普請場を見に来てたかみさんもさっき下職が見に行ったんだが、西手の自身番に引かれて事情を訊かれているらしい。さっきから落雁野郎の引かれている東手の自身番と役人が行ったり来たりしてらあ」

「留よ。その人、犯人か三味線の師匠を知ってなさるのか」

声をかけてきたのは、さっき留吉を荒っぽく呼んだ年配の大工だった。他の大工たちも手をとめ顔を留吉と箕之助に向けている。たまたま棟梁がいないせいもあるのか、やはり事件が気になって仕事が手につかないようだ。

「だから話してんだ」

「えっ、どっちを知ってなさるんで」

足組みの上から他の大工が声を投げる。また周囲に町衆が集まりかけた。馬の轡《くつわ》をとったままの馬子まで顔をのぞかせている。この分だと噂はつむじ風のように街道を駈けていることだろう。

「いいえ、そんなに知っているわけでは」

なにしろ相手は得意先の一人である。箕之助は顔の前で手をひらひらと振り、

「ちょっと野次馬の仲間に入ってきますよ」

その場を離れた。集まりかけた人垣はつまらなそうにまた散りはじめる。

「なんでえなんでえ、仕事だろが」

背に留吉の声が聞こえる。さっきの仕返しのようだ。

箕之助は、

(西手に入るか東に行くか)

一瞬迷ったが、

（ともかく現場）

東手への脇道に歩を向けた。

芝もそうだが、南北に東海道が走る金杉通りでは東手の町家にも西手の一角にも自身番がある。いま、その西手の自身番におキヌが呼ばれ、東には孝太郎が拘束されているというのだ。

箕之助はおタカが〝三味線教授〟の木札を出していた小さな一軒家を知っている。もちろん玄関までだが、一度顔つなぎに行ったことがあるのだ。海辺に近く、昼間でも波の音が聞こえてくる一角だった。街道から行けば自身番はその手前だった。

なるほど人だかりができている。六尺棒を構えた奉行所の小者が数人立ちならび、

「犯人野郎、どんな面《つら》してんだい」

「まだ八丁堀の大番屋に引いて行かねえのか」

などと中をのぞきこもうとする野次馬を、

「帰れ、帰れ」

と、追い払っている。

人垣は近所の者たちであろう。さらに話しているのが聞こえた。

「引かれて来たときにゃ、中から俺じゃねえ、俺じゃねえって叫んでいるのが聞こえてたんだが、いまは大人しいもんさ」

「ほう。最初から見てたのかい」

「そうよ。現場で捕まって俺じゃねえもあるもんかよ」

箕之助は、

「ごめんなさいよ」

伸びをした。〝金杉通り一丁目　東自身番〟と大きく墨書された腰高障子は開けられたままだ。入ってすぐの土間にも六尺棒の小者が立ち、畳の間には町役《ちようやく》数人と書役《かきやく》の座しているのが見える。町役はいずれも町内の旦那衆で、書役は自身番から筆の立つ町内の隠居が雇われている。同心の姿が見える。奥の板戸はすこし開いているだけで、中までは見えない。だが、ようすはおおよそ分かる。

あの板戸の向こうは三畳か四畳半の板張りに板壁の間で、柱には頑丈に鉄の鐶《かん》が取りつけられている。町内で不審な者や乱暴者を取り押さえたとき、縛った縄を結わえつけるためだ。この構造は辻番小屋もほぼおなじである。留吉が青松寺前の辻番小屋で、犬の死骸を寺に抛りこむのを番人たちが見て見ないふりをしていると聞かされたのは、その板の間を張り替えているときだった。

中ではいま、落雁職人の孝太郎が柱の鐶につながれ、奉行所から出張ってきた同心の尋問を受けているはずだ。書役がせっせと筆を走らせているのは、それを記録にとどめるためであろう。犯人を八丁堀の大番屋に送るための初期の吟味である。大番屋で再吟味のうえ小伝馬町の牢に送られ、そのあと奉行所の白洲《しらす》で処断を申し渡されることになる。

板戸の向こうから怒鳴り声も板を激しく打つ音も聞こえてこない。おそらく孝太郎は最初は興奮気味だったろうが、いまは野次馬の話のとおり大人しく尋問に応えているのであろう。

箕之助はそっと後ずさりし、人垣を離れておタカの家に向かった。町全体が緊張のなかに置かれているように感じるのは、気のせいばかりではない。すれ違う人の表情がいずれもこわばっている。あちらに二人こちらに三人と町の男や女がひそひそ話をしている。話題はいま一つのはずだ。

角を曲がり、おタカの小さな一軒家が見える脇道に入った。

（やはり）

密かに抱いていた期待が崩れ去った。留吉と街道で話していたとき誰かが言っていたように、

（間違いであって欲しい）

軒のならぶ向こうに見える人だかりは、ここまで至る一歩一歩に込めた思いを打ち砕くものだった。そこにも六尺棒を持った小者が立っている。間違いなく〝三味線教授〟の木札が下げられているお夕カの玄関前である。

「あのう」

近くの軒端《のきば》にたむろしている町家のかみさん風たちの一群に声をかけた。四人だった。女たちはハッとしたようすを示す。やはり町じゅうが緊張している。

「わたくし、あの三味線師匠に出入りのある献残屋ですが、噂を聞いて駈けつけたのでございます。お夕カさんのこと、ほんとうなんでしょうか」

「ええ！　出入りのお人？　いまごろ来たってもう遅いよ。仏《ほとけ》の顔、拝めないよ」

「えっ、じゃあやっぱりほんとうなんで？」

「ほんとうもなにもあるもんかね。非道《ひど》い話じゃないか。出刃包丁だよ。まだ仏はそのまああの中さ。さっきまで愛想のよかった人が」

もう一人が言う。さらに一人が、

「見たんだ。見たんだよ、あたし」

興奮気味に口を開く。

「午前《ひるまえ》だったたよ。お夕カさんの家の前を通りかかったのさ。いきなりだったよ」

女はもう何回話したろうか。なおも話したがっているようだ。

「街道向こうの落雁さ！　落雁の落太郎さ！」

本名の孝太郎よりも、職をあらわす渾名《あだな》のほうで知られている。それだけ職人気質に徹していた人物ということにもなる。

「血の着いた出刃包丁を握って、おタカさんが、おタカさんがって！　飛び出してきたのさ。自分で大八車にぶつかってひっくりかえって。そこを通りかかった男ども数人が飛びついて押さえこみ、すぐ自身番さ。その騒ぎで近所から人が大勢出てきて、中に入ると血の海で、おタカさんが」

「斃《たお》れていなさったのか。息は――」

「あるもんかね。町役さんがすっ飛んで来て、すぐ町の若い者が奉行所へ走ってさ。あとは町じゅう蜂の巣だよ。すぐにお役人が来なさって。一人じゃないよ。同心の旦那が三人も四人も」

「いま、自身番の前を通ってきたのですが」

「人だかりだったろう」

一緒にいた女が言う。

「はい。もう六尺棒の人も立っていなさって」

「そうさね。あの犯人、早く大番屋のほうへつれて行ってもらいたいよ」

「殺しだから、死罪だろうねえ。でも、なんだったんだろう。間男だろうか」

「あの落太郎って職人、そんな顔じゃないよ」

女同士の話になった。これだけ聞けばもう十分である。

「わたしはこれで」

箕之助はきびすを返し、人だかりのほうへ向かった。背に女たちのひそひそ話がまだつづいている。

検死が進んでいるのであろう。中をのぞくこともできない。玄関口に向かってそっと手を合わせ、その場を離れた。町内の住人か、通りがかりにおなじように手を合わせる者もいる。おタカの以前は知らないが、柔らかい物腰で近所づき合いのよかったことがそこからも偲ばれる。

抱いた期待が裏切られたなかに、

(どうして)

思わずにはいられない。井筒屋で聞いた孝太郎の人物像と、出刃包丁を持って飛び出してきたという姿が結びつかないのだ。それに、

――俺じゃない

孝太郎が叫んでいたというのも気になる。取り乱し、動顚しているなかでの言葉であったはずだ。ならば、我を忘れ打算も失っていたときだからこそ、本当のことを口走る……考えられないことではない。

四

街道に出た。留吉のいる普請場はすぐ近くだ。

(どうしたらいい)

分からない。

(ひとまず落雁の店にも)

それが目的だったのだ。街道から西手への枝道に入ろうとした。

「大和屋さん!」

不意に声をかけられた。芝三丁目の井筒屋のおかみさんだった。小走りに駈けてくる。偶然箕之助を見つけたといった風情である。ふくよかな丸顔に緊張を刷《は》いている。額の汗もぬぐわず、

「聞いた! 聞いた? 大和屋さんっ」

問いとも確認ともとれない口調である。

「井筒屋さん、大変なことに」

「だからあたしもこうして！　亭主が見てこいって言うもんだから」

噂はもう芝まで走っているようだ。

「驚きましたよ、もお」

おかみさんがひと息ついたのへ、

「わたしもここに来て知り、さっき東手の自身番とおタカさんの家の前を見てきました」

「おタカさん？」

井筒屋のおかみさんはおタカまでは知らないようだ。

「三味線の師匠で」

箕之助は話した。おかみさんの顔からも、見る見る淡い期待の崩れ去ったのが看て取れる。芝から金杉通りに駈けながら箕之助とおなじ思い、というよりも願いを胸にこみ上げさせていたのだろう。

「見に行きなさるか」

「いやだよ。孝太郎さんが捕まっているところなんか。そ、その、おタカさんてところも」

「じゃあ、おキヌさんのほうへ」

「そう、それだよ。それがいい」

やはり井筒屋のおかみさんはおキヌのほうが気になるようだ。亭主の殺しを聞かされ、いま動顛しているはずなのだ。

二人は急いだ。雰囲気は違った。打ち沈んでいる。町内から殺しの犯人を出したのだ。やはり人だかりができている。女房のおキヌは自身番から帰され、家の中で逼塞《ひっそく》しているようだ。みすぼらしくはあるが、留吉がいうほどあばら家でもない。建てつけの傷《いた》んだ玄関口の前に、六尺棒を持った奉行所の小者が二人立っている。

近寄った。

「おや、あんた。芝の井筒屋さんの」

姉さん被りの女が声をかけてきた。

「これは、ご近所の」

井筒屋のおかみさんと顔見知りのようだ。仕入れに来たとき、近くで何度か顔を合わせているのだろう。

「もう、驚いて。ほんとうなんですか！」

「ごらんのとおりさね。信じられないよ、孝太郎さんが……」

「あたしも、あたしもですよ。だから芝から駈けつけて」

「でしょう、でしょう。それにね、おなじ金杉通り一丁目なのに、街道を挟んでいがみ合いにならないかと、それも心配で」

「そうよ。東手の連中に肩身が狭いやね」

たむろしていた男が割りこんできた。

「なに言ってんだい。どんな事件だって、それなりの理由《わけ》があるんじゃないのかね。それを考えてやるのが町内の者《もん》の務めじゃないかね」

「そ、そりゃあそうだが」

姉さん被りの女がやり返し、男はたじたじになった。人だかりの何人かが振り返り、頷きを見せている。

「中に入っておキヌさんに会えないかねえ。ひと言励ましてやりたいよ」

井筒屋のおかみさんが男をおしのけるように言った。

「それさ。さっき役人が来たから言ってやったさ。なんでおキヌさんの家に番人なんかつけるんだって。すると言ってくれるじゃないか。被害者の親族か関係者が仕返しに来たらまずいから守ってやってるんだって。おまえたちも近づくこと相成らぬってさ」

「そうよ。あたしゃ町役さんに聞いたよ」

別の女が加わった。前掛をし、手にはたきを持っている。

「おキヌさん、町預《まちあず》かりになってるんだって」

家には帰されたものの、奉行所のお達しで町役たちの監視下に置かれ、当然おキヌには禁足令が出る。犯人扱いではないが、重要参考人の範囲内に置かれていることを意味する。自身番での供述にあいまいな点があったのかもしれない。つまり町内の者といえど、奉行所からの禁が解かれるまでは、おキヌに声もかけられないのである。

「ほっ」

箕之助は思わず息を洩らした。まだ取り調べの残っていることに、一縷《いちる》の希望を覚えたのだ。

「どうしなさった」

「そこですよ。まだ、孝太郎さんが犯人と決まったわけじゃないのでは」

井筒屋のおかみさんが視線を向けてきたのへ箕之助が返すと、

「そう思いたいさ。でもねえ……」

前掛の女が言う。東手からの噂は、ほぼ正確に伝わってきているようだ。

さきほどの箕之助がそうであったように、井筒屋のおかみさんはその場での身の処し方を失い、茫然とたたずんでいる。

「おかみさん、きょうはひとまず」

「ふん」

　箕之助が言ったのへ、おかみさんは頷いた。

「わたしはちょっとほかに寄るところがありますので」

「どこへ？」

「えゝ、ちょいと」

「そう」

　井筒屋のおかみさんはあきらめたように街道への往還をたどりはじめた。箕之助は見送った。その肩は、さきほどの自分の肩でもあったのだ。しかし、いまは少しばかり違う。

（ともかく）

と、さらに西への歩をとった。そのまま古川に沿った往還に出て流れをさかのぼれば、赤羽橋である。

　詮議がさらにつづいているなら、その進捗《しんちょく》状況を知りたい。そこに、一縷の望みを確たる希望に転換するものが得られるかもしれない。行く先はむろん、蓬莱屋である。

　まだ陽は高かった。川沿いに出た。町家はすぐに過ぎた。片側に武家屋敷の白壁がつづく。夏の気配がのこる人気のない往還に、古川の流れの音がことさら大きく聞こえた。

五

赤羽橋に一歩踏み入れた。ハッとした。

（どうして）

気がついたのだ。いま橋板に音を立てた目的はもちろん、仁兵衛に詮議への探りを入れてもらうためである。一瞬、足の動きが鈍った。

白浜屋の奥向きに踏み入ったのには、献残屋としてのそれなりの思惑があった。だが今回は違う。踏み入る必要などどこにもない。挨拶まわりに落雁といっても、井筒屋から仕入れれば済むことなのだ。

（自分はいったい）

引き返すことも思念に浮かんだときだった。

「あっ、箕之助さん」

蓬萊屋を経た前方から呼ぶ声があった。嘉吉だ。尻端折《しりはしより》の丁稚を一人つれ、ともに風呂敷包みを背負っている。いずれかへ買い入れに出かけ、いま帰ってきたようだ。たたんだ手拭を日除けに髷の上に載せている姿などは、もう一端《いっぱし》の商人である。

「やあ、二人とも精が出るねえ」

ふたたび箕之助の足は蓬莱屋のほうへ踏み出していた。

夕刻近くになれば増上寺からの勤行《ごんぎょう》が聞こえる、あの裏庭に面した部屋である。噂は街道沿いにはながれているが、武家地をあいだに置いているせいか赤羽橋にはまだ伝わっていなかった。

仁兵衛は笑いだした。箕之助は呆気《あっけ》にとられた。落雁の話から順を追い、いましがた金杉通り一丁目での三味線師匠殺しを話したばかりなのだ。さっきまで仁兵衛は深刻な表情で身を乗り出し、ときには小さな奥目をキラリと光らせ、何度も相槌を打ちながら聞いていたのである。笑いだしたのは、

「詮議はどのように進んでいるか、それを旦那さまに」

言ったときだったのだ。

「はあ？」

箕之助は突然のことに仁兵衛の顔をのぞきこんだ。仁兵衛は応じた。

「箕之助よ。儂《わし》がおまえを店から出して一軒持たせた理由が分かるか」

「それは、旦那さまのご好意で」

そうとしか答えようがない。まだ笑っている。

「好意か……。そんなものではない。おまえをいつまでも此処《ここ》に置いていたのでは余計な仕事が増えて、儂の身まで細るからじゃ。もっとも、まるまっているよりは動いたほうがよいがなあ。ほれ、なんとかも歩けば棒に当たるとかで」

「では、八丁堀の旦那に探りを入れてもらうのは……」

「できないことではない」

仁兵衛は言い、

「嘉吉。ちょいと奥へ来ておくれ」

店場のほうに大きな声をながし、

「八丁堀の旦那に探りを入れる前に、することがあるだろう」

ふたたび箕之助に向き直った。笑いは消え、真剣な表情になっていた。

「箕之助。その件でここへ来るのに躊躇はなかったかな」

あった。だが、来た。嘉吉に声をかけられたからとはいえ、その直後には引き返そうとする思念はまったく消えていたのだ。

「それでよい。出しゃばりでもお節介でもない。仕事に直接関連がなくてもな、手習いのお人らの奥向きを知っておくのも、この商いにとっては大事なことだ。これを機会と思うて、見聞の範囲を広げるのだ」

仁兵衛も、お夕カの殺されたことに興味を持ったようだ。

「旦那さま。お呼びでございましょうか」

廊下に足音が立ち、嘉吉が裏庭を背に片膝をついた。

手招きされ、部屋に入って仁兵衛の前で箕之助とならぶかたちになった。

「箕之助。金杉通りの界隈に、三味線の師匠は幾人ほどいる？」

金杉橋から芝や高輪に向かった一帯は、暖簾分けのときに仁兵衛からもらった商域なのだ。

（みょうなまわり道を）

箕之助は思いながら、

「金杉通り一丁目は殺されたお夕カさん一人で、二丁目にはいなくて三丁目にもう一人。この方はもうかなりの歳で、今年の初午のときにはそろそろこれを最後にしたいようなことを言っておいででした」

いずれも扇子の商いがある。

「ふむ。競合する相手はいないようだな。浜松町のほうはどうか」

仁兵衛は嘉吉に視線を向けた。金杉橋の北は浜松町で増上寺の門前町にも隣接し、習い事教授の商いはけっこう多い。献残屋にとってはいずれも小口だが大事な商域で、嘉吉がこまめにまわっている。

「はい。浜松町四丁目にお一人。その北の三丁目と西手の中門町三丁目にも各お一人おいでです」

さすがに金杉通りより密度が濃いようだ。

「みなさんけっこう競争が激しいようで、わたしも互いの評判などを訊かれ、困ることがあります」

「あっ」

嘉吉がそこまで話したとき、箕之助は思わず声を上げた。

「ふふ」

仁兵衛が短い含み笑いで応じた。

町娘が小さいころから習い事をするのは、商家はむろん長屋住まいでも珍しいことではない。むしろ長屋のほうがなけなしの金を謝儀に費《つい》やし、熱心といえた。もちろん嫁入り道具である。それにも増して、この時代の高等教育であったお屋敷奉公をするにも、唄や踊りに三味線、琴のいずれかは大きな力になった。それらの達者になれば、口入れ屋を通して踊りが所望とか三味線ができればなおよろしと話があったときなど、断然有利な立場に立つことができるのだ。お屋敷の殿さまや近侍《きんじ》たちは、そこから各種の法度《はっと》に縛られた窮屈な己《おの》が身にくらべ、芸ごとを自由にこなせる町家の生活に思いを馳せるのである。長屋の娘でもそうした芸に器量が加われば、玉の輿《こし》だって夢ではない。

それらの予備軍を養成するのが、いずれの町の軒端《のきば》にも〝教授〟の木札を掲げる師匠たちである。

もちろん師匠たちのあいだでも競争は激しい。習い子たちも現金なもので、いま通っている師匠が気に入らなければ容易に習い処を変える。人気のある師匠のところは当然繁盛する。女中が送り迎えするような大店《おおだな》の娘などが来れば、謝儀にも相当なものを包み初午のときにも扇子に大枚の金子《きんす》が添えられたりする。そういう習い子が一人でも来ておれば師匠にとって大きな実入りになり、逆に失えば痛手となる。

「あっ、あのとき」

嘉吉も気づいたようだ。

箕之助がまだ蓬萊屋の番頭で嘉吉が丁稚だったころである。浜松町一丁目で踊りの師匠が競争相手を刺した事件があった。悲鳴で近所の者が駈けつけ疵《きず》は一カ所だけで死には至らなかったものの、犯人は用意した匕首《あいくち》を振りかざしたのだから罪は重く、遠島まではいかなかったが、十年の重追放となった。十里四方どころか五街道のすべて、京畿に長崎、主な城下町のすべてが範囲に入る。芸で口を糊《のり》するのはかなり困難となる。刺されたほうの師匠も噂の届かない千住宿《せんじゅじゅく》に居を変え、その後の消息は伝わってきていない。

発端は習い子の奪い合いだった。事件の前から箕之助番頭は浜松町界隈の何人かの師匠から、

『ねえ。あそこのお人、最近評判はどう？　ほら、街道沿いの小間物問屋のお嬢さん。いまどこに通っているか調べておくれでないかえ』

などと言われていたのである。嘉吉はそのころから箕之助についており、一緒に聞いている。刺したのは、大店の娘をとられた師匠だった。自業自得というか、男出入りでみずから評判を落としたのだが、習い子へのえこひいきもあって以前から評判はあまりよくなかった師匠である。

「箕之助さん」

嘉吉は箕之助にも顔を向けた。箕之助は頷き、聞こうといった表情を示した。

「浜松町四丁目の三味線の師匠なんですが、橋を渡った金杉通り一丁目のお夕カ師匠の評判を知らないかと訊かれたことがあるのです、今年の初午のとき。タツノさんといって、以前は増上寺門前のお座敷に出ておられたとか」

互いの習い処は至近距離だが、嘉吉のまわる範囲と箕之助の商域にまたがっている。タ

ツノなら蓬萊屋の小口のお得意で、箕之助も見知っている。お座敷上がりの、なかなか色っぽい女である。

「箕之助さんに話そうと思っていたのですが、赤穂の祐海和尚の件でつい話しそびれまして。申しわけありません」

「いいんだ。つづけなさい」

仁兵衛が嘉吉をうながした。

が、嘉吉は、

「ただそれだけなんです。そのおタカ師匠が町内の落雁職人に刺されるなど……いったいこれは」

「ふーむ」

ふたたび頷いた箕之助に仁兵衛は、

「どうだ。中《あた》るかどうかは分からぬが」

箕之助に視線を戻した。仁兵衛が嘉吉を部屋に呼んだのは、祐海和尚の一件に奔走していたころタツノの話を嘉吉から聞き、そこにおタカの名が出ていたのを思い起こしたからである。

孝太郎が当初、

『俺じゃない』

自身番で叫んでいたらしいと箕之助が話したとき、仁兵衛は窪んだ小さな眼を小刻みに動かしていた。やはり仁兵衛も、我を忘れ打算も失ったときの言葉に注目したようだ。

「旦那さま。わたくし、これからすぐ」

「わたしも」

箕之助に嘉吉がつづけたのへ、仁兵衛は満足そうに頷きを見せた。

さっきたどった片側白壁の往還を、箕之助は嘉吉とふたたび川の流れとおなじ方向に急ぎ足をとっている。

「わたしがもっと早く箕之助さんに話していたなら」

「いや、結果はおなじだったろう。これが突発的な事件としても、また計画的であったとしてもな。部外の者には、防ぎようがなかった……。しかし、関わりがあるかどうかはまだ分からんがな」

一歩一歩進めるなかに、陽がようやくかたむきかけている。

金杉通り一丁目の町家に入った。

「あっ、あそこですね」

「そうだ」

六尺棒の番人が立っており、人だかりもある。まだ尋問の用があるのか、禁足令が出ているようだ。その家の中でいま、孝太郎の女房おキヌは一人蒼ざめ、震えていることであろう。

そこを通り過ぎ、二人は街道に出た。箕之助はそのまま人や駕籠の往来を横切って東手の町家に入り、嘉吉は街道を北方向の金杉橋に向かった。渡れば浜松町四丁目である。

二人が目的を持ってそれぞれの方向をとったころであった。

「もし、番人さん」

おキヌが見張りの六尺棒に、低く渇いた声を投げていた。

「なんだ、どうした。出歩くのは許されんぞ」

「いえ、そうじゃないのです。さっき自身番で申し忘れたことがありまして。同心の旦那を呼んでいただけませんか」

「えっ？」

番人は驚いたように頷き、一人が自身番に走った。

箕之助と嘉吉が蓬莱屋を出たあと、仁兵衛も丁稚一人をお供に赤羽橋を渡り、おなじ古川沿いの道をたどっていた。金杉通り一丁目の浜幸屋に向かったのだ。仁兵衛にとっても思い入れのある料理茶屋である。博打《ばくち》にのめりこんだ浜幸屋のドラ息子が旗本屋敷の事件に巻きこまれそうになったのを秘密裡に収めて以来、浜幸屋は大和屋の大口の得意先となり、あるじの宇一郎《ういちろう》とも昵懇《じっこん》になったのである。

仁兵衛は八丁堀に行くまでもなく、その浜幸屋の一室で、奉行所から出張《でば》ってきた同心たちを饗応しようというのである。事件で同心や小者が出張ってきた場合、接待はすべてその町の持ち出しとなる。犯人を一晩、町の自身番に留め置かれたりなどすれば、見張りの同心や小者たちの宿泊から食事と、その町は大きな入用を強いられる。探索のために三日も四日も同心が町の自身番に出張ってきたなら、町役たちは顔を青くし甚大な臨時出費の捻出に何度も額を寄せ合わせなければならなくなる。金杉通り一丁目東手の住人たちが、孝太郎が早く八丁堀の大番屋に引かれることを願うのは、町内に容疑者が留め置かれることの気味悪さ以上に、そうした経済的な理由もあるのだ。

そこへ近くのお店《たな》のあるじが来て町内の料理茶屋で同心たちを接待しようというのなら、金杉通り一丁目の町役たちにとって願ってもないことである。浜幸屋のあるじ宇一郎も、これを機に奉行所の同心と昵懇になれるとよろこんだ。飲食の暖簾を張っていると、なにかと揉め事が起こりやすいのだ。浜幸屋はさっそく、西手と東手の自身番に番頭を走らせた。部屋で待っている相手は、八丁堀にも出入りしている献残屋である。事件に何の関連もない。同心たちは安心して浜幸屋に足を運べよう。

六

箕之助はあらためておタカの小さな家の前に立った。当然ながら六尺棒の番人はまだ立っている。〝三味線教授〟の木札もそのままだ。人だかりはもうないものの、近辺にはまだ尋常ではない気配が感じられる。町の住人たちはその玄関前を通り過ぎるとき小走りになり、あるいは立ちどまって手を合わせている。大きな動きがあったようすが感じられないところから、おタカの遺体はまだ家の中に安置されたままのようだ。箕之助もふたたび手を合わせ、近辺に足を運んだ。聞きこみである。日ごろ横柄な岡っ引きではない。町内には顔見知りもいる。世間話のように訊かれれば、応えるほうも緊張を感じない。そのなかに、

（やはり）

箕之助には感じるものがあった。何軒目かに入った酒屋のあるじだった。注文の品を届

けに行く途中に習い処の前を通ったという。

「事件の前だったけど、女の人が入っていったよ。気の強そうな顔だったが、やってることはそれに似合わなかったぜ。何回か玄関の前を行ったり来たりしてから入っていったから、娘の習い事の相談に来たものの謝儀はどのくらいなんだろうと、ためらってたんじゃないかなあ。そんな風に見えたよ」

「その女の人さ、誰だかしらないけどよかったじゃない。あの出刃包丁とはち合わせになってたら……ああ恐ろしい」

酒屋のかみさんはもう何度も亭主から聞かされたのだろう。聞きながらほんとうに恐がるような顔で口を入れてくる。だが、その女はタツノではないようだ。

おかしな話もあった。おタカの手習い処の裏手に干物《ひもの》の屋台を出している婆さんが話したのだが、

「ほれ、そこの勝手口からだったよ。派手な若い女がそっと出ていった。おタカさんのご同業かねえ。騒ぎになる前だったけど、なんだったんだろう。戸をそっと開け、そっと閉めていった。あたしと目が合うと、ビクリとしたようすでさあ。もっとも二人で言い争っている声も聞こえたから、バツが悪かったのかねえ」

おタカが誰かと言い争っていた。

（見逃せない）

当然、箕之助の脳裡を走った。それに、年寄りのいう〝若い〟とは範囲が広い。番茶も出花の年ごろとは限らない。現に〝おタカさんのご同業か〟などと婆さんは言っていたのだ。だが、話が合わない。玄関を入った女と裏口を出た女は、それぞれの証言によれば見た感じも着物の色も違っている。ところが事件との間隔を訊くと、いずれも騒ぎが起こる半刻《はんとき》（およそ一時間）ほど前で、ほとんど同時刻なのだ。おもての玄関をためらいながら入った町家風の女がおタカと争い、そのあと派手な女に化けてそっと裏口から帰ったのだろうか。

（いったい、何がどうなっているんだ）

箕之助の得た結論は、それしかなかった。

が、ハッとするものもあった。

「せっかく実入りもよくなっただろうにねえ」

おタカについて、そんな時期での死を悼《いた》む声も聞いたのだ。

嘉吉は金杉橋を渡るとすぐ西手への脇道に入った。浜松町四丁目である。金杉通り一丁目とは、古川を挟んだとなり町である。タツノはその一角に木札を出している。おタカのところとよく似た小振りな裏通りの一軒家だ。

往来に人の落とす影が長くなっている。習い子が来ているのだろう、通りに三味線の音が聞こえてくる。嘉吉は格子戸を開け、訪《おとな》いを入れた。三和土にタツノの草履のほかに、小さな下駄が二つならんでいる。

「そのままつづけて」

奥の部屋からタツノの声が聞こえた。

玄関に出てきた。

「あら、献残屋さん。この時分、どこの習い処も忙しいことは分かっているでしょう。それにいまは時期では」

その口調は、初午でもない時期はずれに、しかも仕事の最中に顔を見せた献残屋の手代をなじるようであった。当然かもしれない。だが、嘉吉の訪いはそれを承知のうえなのだ。

「はい。橋向こうで大変な噂を聞きまして、それでこちらの近くを通りかかったものですから、まだご存知なかったらお耳にと思いまして」

切り出した。タツノに表情の変化は見られなかった。

が、

「実は、橋向こうのお夕カ師匠が死去されたとか」

「えっ！　殺されたのでは？」

「あれ？　やっぱり知っていなさったんだ」

「ま、まあ。そんな噂がこっちにも」

タツノは刹那《せつな》、とまどいを見せた。奥の部屋で三味線の音がやみ、少女二人のはしゃぐ声に変わった。

「これっ、つづけなさい！」

振り返って叱声を投げ、ふたたび嘉吉に向き直り、

「で、その後の噂はどのように？」

「わたしも殺されたとまでしか聞いておりません。ともかく、師匠とご同業の方だからお耳にと思い」

「あら、そう。いまお稽古中でねえ。あしたにでも向こうさんへお悔やみに行こうと思っていたのさ」

言うとまた振り返り、

「すぐ終わるからね」

声を投げる。嘉吉は外へ出ざるを得なかった。

背後からふたたび三味線の音が聞こえてきた。振り返った。

(みょうだ)

思えてくる。すでにこの界隈に噂がながれていても不思議はない。だとしたら、タツノは嘉吉が「大変な噂」と言ったときにそれを口にするはずである。だが言わなかった。しかも、嘉吉が流布されている噂以上には何も聞いていないことを示すと、追い返すような仕草に変じた。


陽が落ちかけている。

箕之助はふたたび街道に出た。日の入りを迎え、街道の動きが慌しくなっている。箕之助も速足になった。料理茶屋の浜幸屋に向かっているのだ。

「おうおう、箕さん。まだうろうろしてたのかい」

普請場から声がかかった。留吉である。さっきは横切っただけだったから気がつかなかったのだろう。仲間の大工たちと、すでに帰り支度を終えていた。

「おや、留さんもまだだったのかい」

箕之助は歩み寄った。

「あゝ、きょうばかりはもっとここにいたいくらいだぜ」

「なにかあったのかい、その後」

立ち話になった。

「どうもこうもねえよ。あの出刃包丁野郎、もうとっくに大番屋へ引かれてるころだろうって皆で話してたらよ。するとどうでえ。夕方になってから西手と東手を同心や六尺棒どもが行ったり来たり走りだしやがったのよ。あっ、ほれ、また来た」

振り返ると、小者二人をつれた同心が西手の家なみから東手への枝道に駆けこんだ。

「あの包丁野郎、まだ東手の自身番に留め置かれているのかなあ」

留吉の声に、

「なにか新しい動きがあったのかしれねえぜ」

「行ってみよう」

「おう」

帰り支度を終えていた大工たちが下職もまじえ道具箱をかついで東手のほうへ走っていった。

同心たちが慌しく動きだしたのは、おキヌが番人に声をかけ、駆けつけた同心がふたたびおキヌを西手の自身番につれ戻してからである。そのあとすぐ、西手の自身番に出張っていた同心が東手に走ったのだ。

あとを追おうとした留吉を、箕之助はとっさの判断で呼びとめた。

「えっ、仁兵衛の旦那が浜幸屋に。で、俺もかい」

箕之助にささやかれ、留吉は相好を崩した。

嘉吉はタツノに探りを入れるとその足で浜幸屋に向かっていた。仁兵衛は奥の部屋であるじの宇一郎と世間話をしながら二人の来るのを待っていた。さいわいと言うべきか、近くで殺しなどがあったのでは、その夜に埋まるはずであった座敷が二部屋も三部屋も空いてしまったのだ。その一部屋で、もちろん落雁の落太郎が話題の中心である。

「へへ、ここにはいい酒があるからねえ。ころ合もよし」

箕之助よりも留吉のほうが先に立って裏手から浜幸屋の勝手口を入ったのは、ちょうど陽が落ちかけたころだった。

宇一郎は、留吉も一緒に来たことを喜んだ。用意していた酒も、やはり留吉の期待に沿うものだった。なにしろドラ息子が原因で浜幸屋が旗本に乗っ取られそうになったとき、奥向きに踏み入った箕之助がそれを事前に察知していなかったなら、今日の浜幸屋はなかったかもしれないのだ。そのとき仁兵衛の差配で寅治郎は貫禄のある裃《かみしも》の侍姿に戻り志江と舞が腰元に化け、留吉が身の軽さから忍びこみまでして浜幸屋の危急を救ったのである。

嘉吉はすでに部屋に入っていた。

箕之助は、

「旦那さま、わたしは未熟なのでしょうか。習い処の奥向きがまだよく見えません」

部屋に通されるなり言った。

「わたしもなんです、箕之助さん」

迎えるかたちになった嘉吉は即座に返した。

仁兵衛は頷いた。その奥向きを見ようとするための、きょうのこの一席なのだ。宇一郎も真剣な表情で、この場に座を占めている。

手をたたき、女中が部屋に火を入れた。

「垣間見《かいまみ》えたものはあったかな」

仁兵衛はうながし、嘉吉があらためてタツノのようすを語り終え、箕之助も、

「事件の前に女が……」

聞きこんできたことをそこにながした。さらに、

「さあ、留さんも。街道の動きを」

箕之助にうながされ、

「俺もかい」

留吉は手酌で何杯目かを注ごうとしていた手をとめ、

「あっしが見やしたのは、帰り支度を始めたころでさあ……」

短い話だったが終わるなり、

「同心の旦那方が西に東に？」

宇一郎が腰を上げ、

「なにか急な展開があったに相違ありません。わたしが直接自身番に」

街道筋に暖簾を張りながらこの町の町役でないのは、浜幸屋の本店が札ノ辻に近い田町四丁目で、金杉通り一丁目の店舗は支店だからである。だが構えはこの町の町役たちに匹敵し、町の入用も町役たちと同様に出している。その宇一郎が来たのでは、自身番も忙しいからと追い返すはずはない。逆に相談に預かってもらいたいくらいであろう。しかも店舗では仁兵衛が同心たちにと一席設けて待っているのだ。

宇一郎が向かったのは、ふたたびおキヌの身柄を預かった西手の自身番であった。

すぐに戻ってきた。同心を一人ともなっていた。

「おう、蓬萊屋。そなたの来ているのは聞いておった。早くと思っておったがそうもいかなくなってな。で、そなたらも何かつかんだとか。聞こうじゃないか」

八丁堀で仁兵衛が懇意にしている同心だった。

「こちらからも訊きとうございますよ」

と、仁兵衛が腰を浮かすよりも早く、同心は座に胡坐《あぐら》を組んだ。同心と同席することになり、嘉吉は仁兵衛のお供で慣れているが、留吉は播磨屋で堀部弥兵衛を迎えたときよりも尻のむず痒《がゆ》い思いになった。自然、杯の手もとまる。

仁兵衛にうながされ、あらためて語る箕之助と嘉吉の話に同心は見る見る表情を引きつらせ、

「亭主、すぐ東手の自身番に人を遣《や》って俺の同僚を一人ここへ呼んでくれ」

指図した。同心たちは孝太郎を犯人と決めこみ、町内に聞きこみは入れていなかったようだ。状況からすれば無理もない。だからかえって箕之助と嘉吉の話への衝撃は大きかったことになる。

「実はな、おぬしらがそこまで調べたとなると、俺も話さねばなるまい」

同心はこの場の顔ぶれを確認するように見まわし、話しはじめた。いずれもが仁兵衛の仲間とあって、安心を覚えたのであろう。

「おキヌめ、さきほどあたしが殺《や》りましたなどと申し出てな」

「ええ！」

座に驚きの声が上がる。

さすがは同心で、あとは筋道を立てて話をする。最初におキヌを自身番に呼び、亭主の孝太郎が三味線師匠のおタカを殺したと聞かせたとき、絶句するなり顔面蒼白となって全身を震わせはじめたという。

「無理もなかろう」

同心は言う。座の一同も同感である。

そのあと何を訊いてもおキヌはただ首を振り震えるばかりで、ひとまず町役につきそわせて自宅に帰したという。もちろん事件の全貌が明らかになるまでの禁足令つきである。ところがおキヌがみずから小者に同心を呼んでくれと頼み、ふたたび自身番につれて来られたときには、

「顔面蒼白だったが落ち着いていた」

らしい。

『おタカさんを殺したのは、亭主の孝太郎ではありません』

おキヌは、

「明瞭に言ったのだ」

さらに供述するには、ひと月ほど前から孝太郎がしばしば外出するようになったのを不

審に思いあとを尾《つ》けると、

『東手の三味線師匠のところに入って行ったのです。それが何度もつづきました。あたしは亭主を問い糺《ただ》すのがなぜか恐ろしく、きょう三味線師匠に直接掛け合おうと出かけたのです』

おキヌの行動には、

「一応頷けるものがあってのう」

同心が言うとおり、おタカと孝太郎の結びつきには首をひねったものの、女房としてのおキヌの心情に一同も頷きを見せた。

突然訪ねてきたおキヌを、おタカは嫌がりもせず落ち着いたようすで迎え入れた。近くの酒屋のおやじが言っていた、ためらいながら玄関を入ったという女は、どうやらおキヌに間違いあるまい。

おタカの悠然とした態度は逆におキヌを逆上させた。

『あんた、うちの亭主といったい何やってるんだい』

おキヌはいきなり詰問した。

おタカはたじろがず、静かに言ったそうな。

『――なにを興奮なさっています。孝太郎さんとあたしは、あなたが考えているような仲ではありません』

その言葉におキヌは、

『——あたしが考えている仲だって？　どんな仲なのさ！』

かえっていきり立ち、

『——さあ、言ってごらんな！　器量がいいからと思って人をバカにするんじゃないよっ』

自分で自分の言葉に我を忘れ、

『そばにあった鋏《はさみ》をつかみ取り』

突き出したという。

『——あぁぁ』

おタカはなにかにつまずき尻餅をついた。

『血が、胸のところに血が出ていたのです！　あとは分かりません。ただ鋏を投げ捨て外に駈け出たのです。そこは誰にも見られていなかったと思います。なんだかホッとしたものですから』

そのあとあたりをさまよい、

『心ノ臓が収まるのを待ってから帰ったのです。亭主は落雁の生地をこねていました。あたし、亭主に話そうと何度も仕事場に入り、声をかけようとしました。そのたびに亭主はあたしをチラと見て、けっきょく話せませんでした。そのうち亭主がいなくなりました。まさかおタカさんのところへ行ったのではと不安になり、追いかけようと思ったのです。だけどそれも恐ろしく、家から一歩も出ることはできませんでした。そこへ……あの事件だったのです』

おキヌは自身番で泣き崩れ、

『だから、亭主じゃありません。あたしなんです！　亭主が行ったとき、おタカさんはもう死んでいたはずなのです。亭主を、亭主を解き放してくださいっ』

繰り返し、いまだに言っているという。

「おかしいじゃねえか。いや、ねえですかい」

留吉が同心の話へ喰ってかかるように口を入れた。

「そりゃあ、あのおかみさん、おキヌさんといいなさったか。気は強そうだ。俺も知ってまさあ。だが、鋏を突き出しただけでがしょ。そんなので人が殺せますかい。それに落雁野郎が持ってたのは、出刃包丁っていうじゃありやせんか」

一同の疑問を代弁しているというよりも、

「そこなんだ」

と、同心も応じた。

「それなら」

箕之助が身を乗り出した。同心はそれを受けるように、

「さよう。おまえが言っていた干物売りの婆さんの証言だ。裏口から出てきた女は、どうやらおキヌではないようだのう」

「それって、もしかしたら」

嘉吉が言葉と同時に緊張の表情になった。

廊下に荒々しい足音がした。勢いよく襖《ふすま》が開く。

「また新たな展開だと？」

東手の自身番から駈けつけた同心である。やはり献残物で蓬莱屋と取引がある。

「おう、まず座れ」

先に来ていた同心が手招きする。

話は進んだ。あとから来た同心はすぐにこの場の状況を解し、孝太郎の自供の一部始終をあらためて仁兵衛らに披露した。

孝太郎が最初にプイとおもてに出るようになったのは、商いの件でいつも女房のおキヌ

からうるさく言われ、そこから逃れるためだったらしい。気晴らしである。足は街道を越え、東手の町なみに入っていた。路傍《ろぼう》に孝太郎の目を惹《ひ》くものがあった。しゃがみこんだ。葉牡丹《はぼたん》だった。こんもりとした膨らみに、孝太郎は感ずるものがあった。落雁でこの容《かたち》をつくろうというのではない。サクッとした歯ざわりのあとに、

（この柔らかそうな食感が出せないか）

思ったときに、背後から声をかける者がいた。それがおタカだった。初対面である。軒端を見ると〝三味線教授〟の木札が風に揺れていた。孝太郎は他人の玄関先にしゃがみこんでいたことを詫び、わけを話した。葉牡丹から食感を連想する職人気質に、おタカは興味を持った。あるときは硬くあるときは柔らかい、三味線の音色に通じるものを感じたのかもしれない。

（この人に、俺の落雁を一度食べてもらいたい）

孝太郎は思った。

数日後、孝太郎は持って行った。落雁などおタカには贈答品で見慣れ、別段珍しいものではない。だが孝太郎の落雁は珍しかった。なんの色づけもなく、ただ丸く平らなだけの、それこそ白地に黒胡麻が点々と浮かぶだけの素朴なものであった。玄関口で勧められ、その場で口に入れた。おタカは目を丸くした。見慣れた落雁にはない、口の中で崩れ

るような歯ざわりのあと、とろりとした柔らかい甘味を舌に感じたのだ。その製法にもおタカは興味を持った。その日の気分によっても、また天候によっても舌ざわりの違ったものができる。三味線の糸がかもしだす音色とおなじである。

玄関口で二人が話す機会は多くなった。立ち話ができるのは朝のうちだけで、習い子が来るまでのほんの短い時間である。もちろん部屋に上がることなどなかった。

（この師匠なら）

孝太郎はおタカの習い処が繁盛する理由《わけ》を解し、そのおタカが自分のつくった落雁の価値を知ってくれることに安らぎを覚え、おタカにとってもトツトツと語る孝太郎の話は新鮮であった。

「孝太郎の話を聞いておってのう、こやつが血の着いた出刃包丁を振りかざしている図など想像できなくなったわ」

話す同心の表情に嘘《うそ》はない。

「やつの供述を、俺ばかりじゃない。町役たちも真顔で聞いておってのう」

さらに同心は言った。

『いつものように格子戸を開けて声をかけても返事がないのです』

孝太郎は供述した。きょうのことである。

『なにやら血のにおいがし、恐る恐る上がってみたのです』

すると血の中にお夕カが倒れており、思わず駈け寄って抱き起こすと、

『胸に出刃包丁が刺さっていました。驚き、夢中で力まかせに引き抜きました』

すでに息絶えていた。仰天し、

『恐ろしいのと、誰かに知らせなければとの思いが同時でした』

『それで、包丁を持ったまま飛び出したのか』

同心は孝太郎に問いを入れた。

『だと思います。気がついたときにはもう大勢に押さえつけられ、ねじ伏せられていたのです』

東手からの同心は大きく息をつき、

「検死では血はすでに固まっており、その点疑問だったがともかく大番屋へ引こうと用意していたところへ、この浜幸屋の番頭が走り来て、おぬしが待っているからというではないか。しかも新たな証言などとも」

話は同心同士のものとなった。女房が自首したというものの、それをまた覆《くつがえ》すかもしれない聞きこみを箕之助はしていたのである。

「嘉吉。ほれ、浜松町四丁目の話。こちらの旦那にもおまえの口から直接」

仁兵衛は嘉吉をうながした。

「ん、浜松町四丁目？　橋向こうではないか。聞こう」

「はい」

東手から来た同心の言葉に、嘉吉は勢いづいた。仁兵衛に言われるまでもなく、話はタツノからおタカの評判を探ってくれと頼まれた以前にまでさかのぼった。同心二人は顔を見合わせた。かつて浜松町一丁目で踊りの師匠が同業に斬りかかった事件を、同心たちも忘れてはいない。

街道に面した浜幸屋は距離的にも東手と西手の自身番のほぼ中間に位置する。遣い走りの小者、双方の町役たちの出入りが激しくなった。そのたびに部屋の行灯の炎が大きく揺れる。浜幸屋は俄然、捜査の詰所《つめしょ》本陣に変じたのである。町役たちも、

「町内の住人を救えるのなら」

今夜一晩、孝太郎とおキヌの身柄を預かるのを承知した。むろん、まだ拘束には違いないが孝太郎の身から縄は解かれ、板間の鐶《かん》は無用のものとなった。町役たちが逃亡のないことを請け負ったのだ。

金杉通り一丁目と浜松町四丁目が古川を隔て、橋一筋でしか結ばれていないのはさいわいであった。すでに夜のことでもあり、日暮れてからの噂が橋を越えることはなかった。深夜に監視の眼が自分に張りついたのを、タツノは気づかない。

芝三丁目の大和屋では、

「もっと早く知らせてくれていたら、あたしも助っ人に行ったのに」

志江と一緒に箕之助と留吉の帰り待っていた舞は、二人とも今宵は浜幸屋泊まりになると知らせに来た蓬莱屋の丁稚に言っていた。

「舞ちゃん！」

志江がまた叱るような口調をつくった。寅治郎はとっくに二丁目の塒《ねぐら》に帰り、われ関せずといびきをかいている時分である。

七

東の空が白んできた。おキヌは西手の自身番で一睡もしていなかった。東手の自身番でおキヌが自首してきたと知らされた孝太郎が不意に前言を翻《ひるがえ》し、

『俺が、俺が出刃包丁で刺したんです』

言いはじめ、

『もう一度こいつに繋いでくだせえ！』

と、柱の鐶にとりすがったなどと聞かされたのでは眠れたものではない。ただ泣いた。

「そうですか。亭主と女房とで」

それらを同心から聞かされた箕之助は朝靄《あさもや》のなかに呟《つぶや》き、

（仕事の手土産には、是が非でも孝太郎さんの落雁を）

あらためて思った。

仁兵衛は出かける準備をしていた。深夜、同心たちに願い出たのだ。

「小口とはいえ、蓬莱屋のお得意さまでございます。わたくしに見極めさせてくださいまし。もしそうなら、わたくしが大番屋までつれて参りますゆえ」

と、仁兵衛がそれを切り出す前だった。小者の提燈を頼りに同心が嘉吉と箕之助、それに町役をともない、干物売りの婆さんを裏長屋に訪《おとな》い、あらためて証言をとっていたのだ。深夜に役人が六尺棒の小者をつれて来たのだから、婆さんは飛び上がらんばかりに驚いたものだった。だが町役が一緒だったので、すぐに気を鎮めることができた。顔かたちを詳しく質《ただ》すと、それはもはやタツノに間違いなかったのである。捕方《とりかた》が踏みこまず、見張りだけにしたのは仁兵衛の熱心な願いによるものだった。

深夜に踏みこめば、最初に引き立てる場所は当然浜松町四丁目の自身番となる。さらに陽が昇ってから八丁堀の大番屋に引かれることになる。そのときは前後を六尺棒の小者が固め、同心がタツノを縛った縄尻を取ることになる。町内の者はむろん、習い子たちにもその姿を晒《さら》さなければならないのだ。街道も通ることになる。得意先がそのような姿を衆の面前にさらすのは、仁兵衛にとってもあまり気分のいいものではない。自分が八丁堀につれて行ったなら、そこに縄目などなく、しかも自首扱いとなる。

難色を示す同心たちに、仁兵衛は言った。

「町での聞きこみもタツノへの探りも、すべて同心の旦那方がおやりなさった。容疑をすべて固めてから、わたくしがお情けを願い出た……と」

箕之助と嘉吉はしきりに頷いていた。同心が深夜、干物売りの婆さんに聞きこみを入れている。まったくの嘘にはならない。同心たちは行灯の明かりに額を寄せ合った。

「もちろん、孝太郎どんの拘束も、なかった……ことに」

仁兵衛はさらに同心たちにかぶせた。

話はまとまったようだ。

「蓬莱屋、さすがは商人よのう。交渉ごとがうまいぞ」

一人が言い、もう一人が、

「ただし、時間は半時（およそ一時間）。それを過ぎれば踏みこむぞ」

「よろしゅうございます」

仁兵衛は深々と白髪混じりの頭を下げた。

「そんなら俺っちがよう、あした普請場でみんなに同心の旦那方のご活躍を話しときまさあね」

かなり酒の入っていた留吉が眠気を吹き飛ばすように言ったものである。

そしていま、仁兵衛は浜幸屋の玄関口に立ったのである。

「旦那さま」

箕之助が心配げな表情をつくる。街道にはすでに人が出はじめている。宇一郎も往還に出て見送った。一人の女を自首させるだけではない。町家の者の心意気がかかっているのだ。

（おタカさんも浮かばれよう）

箕之助と嘉吉は頷き合った。

仁兵衛の足は金杉橋を渡った。小者二人をつれた同心がつき添った。旅姿の者とすれ違い、大八車が大きな音を立てて追い越して行く。

角を曲がり、タツノの玄関口に近づいた。昨夜から張りこんでいた小者の一人が走り寄ってきて、

「誰も出ておらず、訪れた者もおりません」

早口に報告する。六尺棒など持っておらず、もちろん鉢巻《はちまき》も襷《たすき》もかけずただの町内の住人に見える。

「ならば、ここからはわたし一人で」

仁兵衛は手で同心を押しとどめる仕草をし、格子戸に向かった。

（昨夜、眠れたかな）

格子戸の中に思う。

だが仁兵衛は思いやりばかりではない。半刻を経ずとも通じなければ、

（早々に踏みこむのもやむを得まい）

思っている。

「タツノさん、いなさるか」

声をかけ、格子戸に手をかけた。開かない。

「いなさるかね。蓬萊屋でございますよ」

再度声を入れ、三度目にようやく奥から応答があった。

しばし待ち、タツノが上がり框《かまち》に出てきた。

「おや、これは以前いらしたことがある」

「はい、蓬萊屋です。きのうは手前どもの手代がおじゃましましたが」

「え、ええ」

タツノは怪訝な顔をしながらも三和土《たたき》に降りた。

「なんなんですか、こんなに早く」

なじるような言い方で腰をかがめた。女の一人住まいか、格子戸には小桟《こざる》が三カ所もかけてあった。

「こんな時分にぶしつけとは思いましたがな、あんたも知ってのとおり、橋向こうのおタカさんもうちのお得意でしてな。いやあ、まったく大変なことになりました」

言いながら仁兵衛は早々に上がり框に腰を据えた。これが手代の嘉吉なら、三和土に立つまでもなく格子戸越しに「用ならあとにしてくださいよ」と、軽く追い返されたことであろう。

「それがあたしに、いったいなんなんですよ」

迷惑そうな言いようながらも板間に膝を折り、鬢《びん》のほつれを手で軽く撫でた。表情はやはり眠れなかったのか、疲れているのが看て取れる。

（当然だろう）

仁兵衛に同情する思いはない。だがタツノの眠っていなかったようすに、

（希望はある）

感じるものはあった。

「得意先の不幸を放っておくわけにはいきませんからな。儂も昨夜から金杉通りに行っておりましたのじゃ。……動きがありましてな」

「えっ」

切り出すと、やはりタツノは反応を示した。仁兵衛は確信に近いものを持った。言葉をつづけた。

「きのう、暗くなりかけた時分じゃった。孝太郎はまだ東手の自身番に留め置かれたままでな。女房のおキヌさんというのが、西手の自身番へ出頭しなさってのう」

この話を冒頭に置くのは、仁兵衛の配慮であった。追い詰めるのではない。あくまでもタツノにみずからを処す気持ちを起こさせたいのだ。

「おキヌさん？」

タツノは孝太郎を直接知らなければ、ましてその女房などを知るはずもない。だが、その名を確認するように問い返した。

「さよう。出刃包丁を持っていて捕まった男の女房だ」

仁兵衛は言ってから、孝太郎の供述に話を移した。

「それを、なぜ。わざわざ、あたしに？」

「あんたも知りたいだろうと思うてな」

仁兵衛は本題に入った。

「さっき話したおキヌさんだがのう」

タツノはふたたびおキヌの名が出たことにビクリと肩を動かした。

「わたしが、殺ったと。だから、亭主を放してくれ……と」

「おや、そうですか。ならば、それで決まりじゃありませんか」

「話はまだあってのう。それを聞いた亭主は、いきなり自分が殺った、自分が包丁で刺したなどと言いはじめてな」

「えっ」

明らかにタツノは困惑の反応を示した。

「この話。あんた、どう思うかね」

「知りませんよ、そんなこと」

タツノはだが、シラを切る風を示した。無理はない。

（それが人情なのだ）

思う心は、仁兵衛にもある。

つづけた。

「どう思うね」

再度訊き、

「殺されたのはあんたの同業だ。無関心ではいられないのじゃないかな。それに奉行所の探索の手は広がりそうでな。夫婦がそれぞれ言うことに、いろいろと辻褄《つじつま》の合わぬことがあるらしいのだ。すると当然、奉行所も探索をもっとやってさらに詳しく調べなければならない。この時刻、そろそろ同心の旦那方があらためておタカさんの近所界隈に入りなすっていることだろうよ」

言いながらタツノの表情に視線を据えた。タツノは、

「…………」

目をそらせた。

仁兵衛はなおもつづけた。

「金杉通りの町内で、あの夫婦の心根を解する者は少なくないはずだ。二人は明らかにかばい合っておるでのう。そのせいもあろうか、奉行所の役人よりも町の衆のほうが熱心にな

り、同心たちにえらい協力的になっているそうな。おかげで同心の旦那方もやりやすいのではないのかのう。あんた、きのう、あの町の干物売りの婆さんと会わなかったかね」

切り札である。

「蓬萊屋さん、いったい！」

タツノの双眸《め》は警戒の色から怯《おび》えに変じようとしている。

「儂はただ、取引のあったお方の不幸を見過ごせないだけでしてな」

「あた、あたしも取引が」

タツノは仁兵衛を見つめた。すがるようでもあった。

「さよう。あんたの不幸も見過ごせませんのじゃ。それよりもまして、かばい合っている夫婦が、しかも無実の者が衆目のなかに縄をかけられ街道を引かれるなど、あってはならんことじゃ。もちろん、得意先のお方がそのようなことにも」

「あっ」

タツノは小さく声を上げた。目が、格子戸の外に向いている。仁兵衛も身をよじり振り返った。チラと見えた。一緒に来た同心である。茶色の縦縞の着物に黒い羽織、刀は落とし差しに髷《まげ》は小銀杏《こいちょう》で白足袋に雪駄《せった》をはいている。誰が見ても、奉行所の同心とすぐ分かる。ようすを窺うためか、玄関前をゆっくりと通ったのだ。確かにその顔は格子戸の中をのぞきこんでいた。

――もうそこまで来ている
タツノの小さな声は、その思いからだった。

――どうしよう！　逃げよう
思っても不思議はない。だが、その一寸先《いっすんさき》を思ったなら……闇しかないことに気づくはずである。タツノの全身の鼓動が伝わってくるのを、仁兵衛は感じた。ゆっくりと視線をタツノに戻した。

果たして表情は怯え一色になっていた。仁兵衛はこの機を逃さなかった。

「タツノさん」

「は、はい」

「これから儂と一緒に、街道を日本橋のほうへ朝の散歩と洒落《しゃれ》こみませんかな。途中には八丁堀もあるが、儂がついておれば、誰にも指などさせませんわい。道中、ただの散歩となりましょうて」

「そ、それじゃ！　蓬萊屋さん！」

上ずった声になった。腰も浮いている。すでにタツノは、仁兵衛の言う意味を解している。

「どうですかな」

「散歩、散歩にも、身支度が」

タツノは中腰になっていた。

「待ちますよ、ここで」

仁兵衛は柔らかい口調で応じた。

足音が奥へ消えた。

──賭けた
だが、案じた気配はなかった。落雁屋夫婦の話に感じるところがあったのか、それとも格子戸越しに見た同心の姿が効いたのか、それは分からない。

奥の部屋から感じられるのは、タツノが着替えをしている気配である。さっきは起きたばかりだったのであろう。長襦袢《ながじゅばん》に着物を引っかけ無造作に帯を締めただけの格好だったのだ。軽い化粧もしたいだろう。

また格子戸越しに同心の姿が見えた。玄関に仁兵衛しかいないことに立ちどまったようだ。

（大丈夫）

仁兵衛は手で合図を送った。同心は頷き、格子戸の視界から消えた。

八

三和土に腰を据えたまま、仁兵衛は待った。

「おっ」

いきなり三味線の音が聞こえてきた。静かな音色だった。演目は知らない。ただ、増上寺の勤行《ごんぎょう》に似た響きがあった。しばし耳をかたむけた。しだいに激しくなり、いきなり穏やかな調子に戻った。それが二節ほどつづき、静まった。

「お待たせしました」

着替えていた。帯もきちりと閉め、薄く化粧もしている。表情も穏やかなものになっていた。

「参りましょうか」

「うむ」

仁兵衛は頷き、腰を上げた。格子戸の音が響く。往還に、同心の姿は見えず、小者も立っていない。気を利かせたのであろう。

歩み出した。街道へ出るまでに、町内の顔見知りか挨拶を交わす者が数人いた。声をかけてこないのは、仁兵衛が一緒からだろうか。泊まりこんだ旦那と見られたのかもしれない。歩を進めながら、二人はチラと見合って苦笑を洩らした。

街道はすでに一日が始まっていた。往来人に混じって大八車とすれ違えば背後から町駕籠が追い越していく。そのなかにあっては、さすがに目立つことはない。

「旦那」

タツノが話しかけた。

「ん」

「聞いてくれますか」

「うむ」

歩みながら仁兵衛は頷きを返した。

「今年の初午は、買い取ってもらう物がほとんどなかったでしょう」

「そうだったなあ。浮沈は、どんな商いにもあるさ。おまえさんの教授処が侘《わび》しくなった分だけ、橋向こうが賑やかになったってことだろう」

その理由も考えずになぜ……などと、いまさら説教する気などない。してもはじまらない。いまさりげなく街道を歩いている、この時間をタツノに与えたかっただけなのだ。その時間のなかに、タツノはいま身を置いている。

「なにもかもご存知なのですね」

「あゝ、よくある話だからなあ」

「あたし、ひとこと文句を言わなきゃ気がすまない、と……そう思って。それで、橋向こうへ行ったんです……きのう」

「それも、よくあることさ」

タツノはまた仁兵衛の横顔に視線をながした。仁兵衛は、前方を見つめたままだった。

タツノはつづけた。

「格子戸が、開いたままだったんです」

タツノは話しはじめた。太陽はもうすっかり昇りきっている。

「まだ朝のうちというのに先客があり、しかも言い争う声が聞こえてきたのです。思わず上がりこみました。そのときからあたし、どうかしていたのです。三味線を教えているあたしが、草履《ぞうり》をはいたまま人の家に上がりこむなんて」

タツノは溜息をついた。脇道から町駕籠が飛び出てきた。

「おっと」

仁兵衛は避け、タツノも、

「あっ」

よろけ、お
「突然、そこで見たのです」

話を戻した。二人の足はもう浜松町を過ぎ、新橋に近づいている。

「理由は知りません。女が一人、町家のおかみさんのようでした。鋏を振りかざし、おタタカさんに斬りつけたのです」

「ふむ」

仁兵衛は頷いた。おキヌの自供のとおりである。

「あたしはとっさに襖《ふすま》の陰に身を隠しました。そのとき、あたしの心ノ臓が高ぶっていたのは覚えています」

おタカの悲鳴が聞こえ、つぎには斬りかかった女が『あぁ』と叫び、玄関から飛び出して行った。おタカは顚倒《てんとう》し簞笥《たんす》か柱に頭を打ったのであろうか呻《うめ》いていた。胸に血も滲んでいた。

――いまだ！　この女さえいなければ！

思いがタツノの全身を包んだとしても不思議はない。

「気がついたらあたし、台所の包丁を握り締めていました。そのとき、おタカさんが呻き声とともに目を開け、胸に血が出ているのに気づき、包丁を持っているあたしを見てハッとしたようすを見せたのです」

とっさだったという。

――見られた！

思ったタツノは包丁を手に前面へ踏みこみ躰《からだ》ごとぶつかった。

『あぁぁぁ』

おタカは悲鳴とも呻きともつかぬ声を発した。タツノは仰天し、包丁から手を離すと同時におタカの身はふたたびその場に崩れ落ちた。

下駄や大八車の音がけたたましく響く。二人の足は新橋を踏んでいた。越えれば街道の両脇にならぶ店《たな》はいずれもはなやかな装いになって往来人も増え、日本橋に向かっていることが実感できる。このあたりの三味線や踊りの師匠たちは、さらに競争が激しいことであろう。

『逃げなければ』

そのとき、

「あたし、思ったのです。台所のあった裏手の、勝手口でした」

「そこに、干物売りの婆さんが屋台を出していた」

言いながら、仁兵衛はタツノの横顔に視線を向けた。同時に、いまこの女と歩いていることに、胸中へ充足したものがこみ上げるのを覚えた。

「そのとおりです」

前方に目をやったまま、タツノは応えた。街道の人なみはさらに増えている。下駄を鳴らしはしゃぐようにおしゃべりに興じている二人の娘とすれ違った。街はそんな娘たちが似合う風情である。しかも往来のなかに、知った顔など見当たらない。

前を行く往来人たちの肩越しに見えるのは京橋か、渡ればつぎの橋が日本橋である。その手前を右手となる東方向に曲がれば、もう八丁堀である。

「近づいたようだなあ」

「はい」

仁兵衛がポツリと言ったのへ、タツノは素直に返した。同心たちは後方についてきているのだろう。人混みのなかとはいえ、気配を感じさせないのはさすがである。

京橋を渡った。

「タツノさん」

「……ん？」

人はさらに増え、はなやかさも増した雑踏のなかである。

「悪いことが重なれば、やがていいことも顔を出してくれようさ」

「…………」

「衝動的なことが、あんたには重なったようだな」

「旦那」

「ん？」

「ありがとうございました」

「うむ」

「最後は、衝動に走らず済みました」

タツノの声は掠《かす》れていたが、そこに落ち着きが感じられた。

曲がった。町奉行配下の組屋敷が見えてきた。大番屋はその中ほどにある。

八丁堀をあとにした仁兵衛が日本橋の手前で町駕籠を拾い、タツノと歩いて来た街道を返したのは、午《ひる》もとっくに過ぎた時分であった。

すべてが終わったわけではない。おキヌも鋏でおタカに斬りつけたのだ。疵《きず》は夏の単《ひとえ》に血が滲む程度であったものの、タツノの犯行を誘ったと言えなくもないのである。もちろんそれは、おキヌの罪ではないが。

「タツノへの情状酌量の材料になろうか。殺すつもりはなかったが、つい誘われて……」

大番屋の同心は言っていた。

夕刻、孝太郎は東手の自身番から町役につき添われて帰ってきたが、入れ替わるようにおキヌは西手の自身番から八丁堀に引かれて行った。町役の一人がつき添い、――目撃されていなかったのを、みずから出頭したのは神妙である

縄目をかけられなかったのは、同心のせめてもの配慮であったろうか。

「おキヌさん、すぐ帰れるよ」

「待っているぞ」

町の者は声をかけていた。

「わたし、そのおキヌさんという人に会ってみたい」

その日の夜、きのうからの一部始終を箕之助から聞いた志江は言っていた。寝不足を吹き飛ばし意気揚々と引き揚げた留吉も、待っていた舞と塒《ねぐら》に帰り、いまは二人だけである。

「こんどのは、日向さまの手を借りることなく済んだだけでもよかったよ」

箕之助の本心に違いはないが、話をそらせようとするものでもあった。おキヌがいつ帰

れるか、箕之助だけでなく仁兵衛にも予測のつかないことなのだ。

志江はつづけた。

「おキヌさんの気持ちだけど、……女房にとっては、亭主に女郎買いをされるよりも辛かったのでは……だからお夕カさんから、あなたが考えているような仲じゃないと言われ、かえって逆上したのでは……」

大和屋に二階は一部屋だけだ。行灯の明かりが消えた。


「いなさるかね」

翌日の午すぎ、大和屋の玄関に声を入れたのは、街道筋の井筒屋のあるじだった。

「いやあ、悪いねえ」

箕之助が応答するよりも早くあるじは話しはじめた。

「行ってきたよ。おとといは大和屋さん、うちの女房と金杉の一丁目で会ったんだってねえ。ところがきょうの噂さ。落太郎、じゃない、孝太郎さんがきのう解き放しになったらしいってながれてきたもんだから。大和屋さんの分も確保しておかなきゃならないしで」

「えっ、金杉に行きなさったので?」

きょうの状況は知らない。箕之助は帳場格子から出た。

「あゝ、行ったさ。するとどうだい。代わりに女房のおキヌさんがきのう、大番屋につれていかれたっていうじゃないか」

事件の収束に箕之助や仁兵衛が動いたことは、他の者の知らないことである。

「ともかく落雁の確保と思って戸をたたこうとしたら、孝太郎さん、町預かりになってるじゃないか」

禁足令である。他の者が接触することはできない。そのためにきのう、自身番から帰るときに町役がつき添っていたのである。

「近所の人らに訊いたら、なんでも事件が落着するまで、三味線の師匠を刺した犯人はほかにいたらしいから、おキヌさんもすぐ解き放しで帰ってくるってさ」

井筒屋のあるじは、芝ではまだ自分しか知らないであろう話をしたくて大和屋に足を運んだようだ。箕之助は板間に脛《すね》をつき、身を乗り出している。

「とまあそういうことで、あそこの落雁はすぐ間に合わすってわけにはいかなくなった。悪いねえ」

「いいんですよ、井筒屋さん。うちはべつに急いでいるわけではないから」

「そうかね。うちもしばらく孝太郎さんの落雁はお預けだ」

言いながら井筒屋のあるじは敷居を外にまたいだ。

「おまえさん」

志江が奥から板間に顔を出した。聞いていたようだ。

「おキヌさん、まだ帰って来ていないのね。いつになるのかしら」

心配げに言う。昨夜箕之助から事件の詳細を聞いてから、やはり女同士か関心はおキヌに移っている。

「うん」

箕之助は頷きを返しただけだった。

「白浜屋のおトシさんのとき、処断が出るまで十日ほどかかったわねえ。おキヌさんもそのくらいは留め置かれるのかしら」

箕之助は無言だった。衝動とはいえ、鋏で斬りかかり実際に疵まで負わせているのだ。しかもそのあと、家まで逃げ帰っていた……。


その十日近くが過ぎた。

「箕さん！　出たぜ、出たぜ」

夕刻だった。留吉が道具箱を担いだまま大和屋に飛びこんできた。その声に店の板間に志江は走り出て箕之助の横にならんだ。金杉通り一丁目の普請はまだつづいている。事件現場の地元でしかも浜幸屋の近くとあっては、奉行所の申渡しは自身番に知らせが入るのとほとんど同時に知ったのだろう。留吉もそれを話したくて塒のある芝二丁目を素通りしてきたようだ。

「で、どんなだった」

「タツノって女、遠島だってよ」

「ホッ」

箕之助は安堵の息を洩らした。おタカを殺したことは許せないが、それは衝動から犯してしまったことなのだ。

「で、おキヌさんは？」

志江は訊いた。留吉はまだ道具箱を担ぎ三和土に立ったままである。

「それが」

言いよどみ、

「一年間の、軽追放……江戸十里四方でさあ」

ようやく道具箱を板間に置き、絶句する志江に、

「白浜屋のおトシは十年だったですぜ。それにくらべりゃあ。そうそう、亭主の孝太郎はお構いなしで、町預かりもきょうまでだってよ」

「えっ」

志江は驚きの声を小さく吐いた。おキヌとの、あまりにもの差に対してである。

だが、

「やはりなあ」

箕之助は口にした。

(迂闊《うかつ》に動いたのは女たちなのだから)

思っても、志江の前では言いづらい。それよりも、一件落着となればおタカの成仏を祈る気持ちが先に立つ。

箕之助が赤羽橋に足を運んだのはその翌日であった。仁兵衛はもちろん浜幸屋からの連絡でお達しの内容を知っていた。

「また奥向きに踏み入ってしまったが、おタカさんも納得していようよ」

窪んだ小さな双眸をしばたかせた。けさ増上寺から聞こえる朝の勤行に、そっと手を合わせたのかもしれない。その双眸を、ゆっくりと箕之助に向けた。

(これからも、ほどほどにな)

言っているようであった。箕之助は反射的に頷きを返した。

まだ昼間である。帰り、井筒屋に寄った。

さすがは街道沿いの菓子屋で、孝太郎の話はもう耳に入れていた。箕之助のまだ聞いていない、詳しいものがあった。

「見上げたもんじゃないか」

あるじは箕之助の顔を見るなり言う。嬉しそうであった。

「女房どののおキヌさんねえ、下総印旛郡《しもうさいんばごおり》の佐倉《さくら》に寄《よ》る辺《べ》があるとかで、そのほうに身を寄せなさるそうな」

「ほう、あそこなら江戸より十三里。法度《はっと》の日光道中からもはずれている。で、見上げたとは？」

「それさ。おキヌさんを一人でやれないって、亭主の孝太郎さんも同道するって……一年間。女房の苦難を自分も一緒に受けようってんだから、えらいじゃないか。あそこなら城下もあるし、あの職人なら落雁で喰っていけるさ」

「えっ。で、いつ？」

「きょうさ。うちの女房め、まだ間に合うかもしれないって、さっき見送りに飛び出して行ったよ」

「うっ」

　箕之助も一瞬駈け出しそうになったが、

（これでいいのだ）

　逸《はや》りかけたものを収めた。仁兵衛は知っていて、敢えて箕之助にそれを言わなかったのかもしれない。聞いていたなら、古川沿いをそのまま金杉橋に走っていただろう。

　それよりも、

（この話を早く志江に）

　満足の色を顔に浮かべ、

「井筒屋さん、いい話聞いたよ！」

　もう暖簾を外へくぐっていた。

　速足になった。

「大和屋さん。そういうわけで当分あそこの落雁は無理だ！」

　その背を井筒屋の声が追った。

　玄関が見えた。

「志江ーっ」

　箕之助は声を大きくした。

あとがき

最近、還暦を数年前に越しているせいか電車の吊り革につかまっていると、若い人がときおり席を代わってくれたりする。笑顔で礼を言うと笑顔が返ってくる。ほんの瞬間の出会いだが、感謝の気持ちはむろん、名も知らぬ相手と心が触れ合った気分になる。もちろんそのような場面を見た場合も、ほんの瞬間とはいえ同様に嬉しく和やかな雰囲気に浸ることができる。きわめて自然な心の通いがそこに流れているからだ。江戸の昔、そうした自然の触れ合いが日常のことだったのではないか。当然バスも電車もないが、日々に親切が行われ、あるいは受けて感謝する。それが自然に行われていた時代である。

献残屋が現在でいうリサイクルショップの一種であったことは各種の文献にも記されているが、それが相互扶助の豊かな時代であってみれば、一つの物をリサイクルするにしても、そこに関連した人々の心が介在したであろうことは容易に想像がつく。とくに献残屋が贈答品を主とした商いであったことを思えば、単に物品の売り買いだけでなく自然に贈る側、受ける側の内幕が垣間見え、ときには商人の域を越え、つい奥向きにまで踏み入ってしまうこともあったろう。このシリーズは本編で四作目になるが、いずれも江戸時代がそうした社会であったことを念頭に組み立てており、したがって本編の物語はいずれも登場人物よりも、お江戸の時代そのものが主人公だと感じていただければ幸いである。

まず第一話の「入り婿《むこ》殺し」だが、現在の世でも保険金殺人などが後を絶たないことを思えば、おトシや政次郎のような人間がワンピース姿やスーツ姿で今の世に現れても不思議はないだろう。また、現在の保険金殺人犯が江戸時代に暮らしたなら、やはりおトシや政次郎とおなじような事件を起こしたことだろう。実際、この物語は延享《えんきょう》年間（一七四四〜四八）に神田《かんだ》辺であった一人の非道な女の事件を下敷きにした。事件はこの物語よりもおどろおどろしく、奉行所の女に対する裁断は軽追放ではなく重追放であった。重追放は江戸を含む武蔵《むさし》全域、相模《さがみ》、上野《こうずけ》、下野《しもつけ》、安房《あわ》、上総《かずさ》、下総《しもうさ》、常陸《ひたち》、山城《やましろ》、摂津《せっつ》、和《い》泉《ずみ》、大和《やまと》、肥前《ひぜん》、甲斐《かい》、駿河《するが》、それに東海道筋と日光道中筋が範囲となる。これらを御《お》構場所《かまいばしょ》といって、いずれにも出入りすることが禁じられる。まさに日本国中住むところを得ずといったものだが、この物語では政次郎を登場させることによって、おトシの救済措置とした。その政次郎への処断は私刑そのものだが、箕之助とその周辺の人物の義侠心というよりも、今も昔も変わりない通常の人々の心情どおりに動いた行為といってもよいのではないか。

第二話の「忠臣潰《つぶ》し」は、毎回のことだが忠臣を潰してしまうのではなく、忠義のあまり跳ね上がろうとする一群の動きを封じる物語である。実際に大石内蔵助は堀部安兵衛や片岡源五右衛門ら江戸組の急進派に手を焼き、何度も吉田忠左衛門や堀部弥兵衛ら年配者を通じ諫《いさ》めていることが各種の資料に見られる。もし急進派が勝手な動きをしていたなら、後の感動的な四十七士の討ち入りはなかったかもしれない。そこをまとめ上げたところに大石の大きさが感じられるわけだが、それを市井《しせい》で支えた寅治郎を中心とする箕之助や蓬萊屋仁兵衛、播磨屋忠太夫らもまた、江戸町人の心意気として忠臣蔵にはいて欲しい面々であろう。また、すでにお気づきのことと思うが、この物語に登場する高田郡兵衛や、梶川与惣兵衛襲撃事件に出てきた小山田庄左衛門、毛利小平太らは、途中あるいは直前に血盟から脱落した顔ぶれである。

企業や個人間の競争が激しいのもまた今も昔も変わりなく、今日では学習塾や英会話教室の競争激化がよくマスコミにも報道される。それと同様の世界であった江戸時代の稽古事教授、それも三味線の習い処を舞台にしたのが第三話の「重なる衝動」である。ここでもやはり箕之助が献残屋の立場から落雁《らくがん》職人孝太郎と三味線師匠お夕カの奥向きに踏み入ってしまい、仁兵衛もまた担ぎ出されて一肌脱ぐところとなる。また当時の自身番というのは、テレビの時代劇などによく登場するように現在の交番の機能を果たしていただけでなく、市役所のような事務もこなすなど地域行政の重要な一端も遂行していた。これが各町に設けられ、だから奉行所の江戸市政が成り立っていたのである。さらに稽古事だが、町家の娘にとってお屋敷奉公というのは、選ばれた者のみが体験できる教育機関であり、そこに進むためには芸事が重要な条件となっていた。芸自慢は他に抜きん出るための武器であり、「あそこの娘はお屋敷に出たことがある」となれば、それが強力な嫁入り道具の一つとなった。つまり、遊芸も単なる趣味などではなく、習う娘たちも習わせる親たちも切実だったのだ。当然習い処の需要は多く、それだけ師匠間の競争も激しく、そこに事件が発生したであろうことも容易に想像できるのである。

この献残屋シリーズを通してさらに江戸時代を浮き彫りにしたいと願っている。今後とも献残屋箕之助がさまざまな場面でつい取引先の奥向きに踏み入ることになるだろう。箕之助とその周辺の人物に今後とも読者諸氏のご支援をよろしくお願いしたい。

平成十九年　夏

喜安　幸夫

ベスト時代文庫

献残屋　忠臣潰し

喜安幸夫

2007年7月1日初版第1刷発行

発行者……………栗原幹夫
発行所……………KKベストセラーズ
〒170-8457　東京都豊島区南大塚2-29-7
振替00180-6-103083
電話03-5976-9121（代表）
http://www.kk-bestsellers.com/
ＤＴＰ……………オノ・エーワン
印刷所……………凸版印刷
製本所……………ナショナル製本

落丁・乱丁本はお取替えいたします。
定価はカバーに明記してあります。

Printed in Japan ISBN978-4-584-36602-8 C0193